佐藤きむ

80代の今と50代の昔とをつなげてみれば

津軽書房

80代の今と50代の昔とをつなげてみれば　目次

イラストレーション
studio pippin

80代の今と50代の昔とをつなげてみれば

はじめに　亡夫への手紙

私の入院体験記を『おッ!見えた、目ん玉が』という小さな本にして、あなたに報告してから満2年が過ぎました。もちろん読んでくださったでしょうね。

表紙の題名を見たときは、「これはどういう意味だ」と、きっと思われたことでしょう。私から本を送られたほとんどの人が、やはりそう思ったらしいです。

2016年暮れの28日、外出先で大腿骨を骨折して病院へ直行、翌日手術してつなぎ合わせてもらいました。仰向けの状態が3日4晩続いて、元日早朝、入院以来自分の顔を見ていないのにふと気がついて、ベッドにぶら下げてあるバッグから小型の鏡を取り出して映してみましたら、びっくりしました。目ん玉が真ん丸く見えたのです。

年をとると瞼《まぶた》が垂れ下がって細目になりがちですが、私はそれが極端で、もう随分長い間、自分の目玉の下半分しか見ていないという状態だったのですが、なんと丸く全体が見えたのです。長時間横たわったままで、さすがの腫《は》れぼったい瞼も下の方へ動けなかったのでしょう。〈ぱっちり〉という品のよい表現は無理ですが、上瞼が〈バギット〉開いて、歩行不能になるかもしれないという不安を抱えている人の顔とはとても思えない明るい顔が、鏡に映っていました。

この真ん丸目ん玉との対面が私を元気づけてくれたようで、その後のリハビリにも力が入り、杖との三本足ながら、さほど不自由なく一人暮らしができるようになりました。

今年は、あなたの17回忌です。私も数え年では88歳、あなたの許へ行く機会のないままに米寿を迎えました。

もう30年も昔、「春秋東奥」という郷土雑誌に連載した身辺雑記を、小さな冊子にまとめたことがありました。先日、何年ぶりかで、書庫の奥にほこりまみれになっているその冊子を発見しました。読んでみて、あなたと一緒だったその頃の暮らしは、今とは随分違うのに、やたら忙しい毎日の中でも、どうにかなるサと楽天的なところはあまり変わっていないのが面白いと思いました。

冊子の最後は

このごろ驚いたこと　あ・い・う・え・お

何度でも行ってみたい所　か・き・く・け・こ

（中略）

見たいけれどもかなわぬもの　わ・い・う・え・を

と、五十音順に10項目書かれています。

これを、今の私とつなげてみて、あなたへの近況報告にしたいと思います。

（2019・6）

このごろ驚いたこと

――「あ・い・う・え・お」――

㋐ 味付きゆで卵

昔　商品名「マジックパール」というゆで卵をご存じだろうか。上手にゆでた半熟卵に塩味がついているのである。しかも、白身にも黄味にもまんべんにほどよい塩味がゆきわたっているし、どの卵もみんなむらなく同じゆで加減、同じ塩加減である。今のところ、JR駅の構内の売店でしかお目にかかっていないので、旅行のたびに買っては、不思議な味を楽しんでいる。

それにしても、卵の殻にはひび割れのあともないし、一体この塩はどこから入り込むのだろう。

人間もタマゴのうちに試験管に移されて培養できる時代なのだから、そのうち、試験管の中で好みの〝味付け〟をされるようになったらどうしよう。わたしに文才があったら、時の権力者の意のままに培養されて、一つの工場から生産される人間は全部同じ規格の人間だった、なんていうSF小説を書くのだが、などと、ばかばかしいことを考えさせてもくれる不思議な卵である。

（1988・9）

今 昔よく食べた塩味の付いたゆで卵が姿を消したのは、いつごろからだろうか。すっかり忘れてしまっていた。

私の卵好きは、50代も今も全く変わらない。料理法はいろいろだが、一番多いのは卵かけ御飯と目玉焼きである。卵かけ御飯は、佃煮、漬物、梅干し、塩鮭など、混ぜ合わせる物によって、いろいろな味が楽しめる。朝食は、これに味噌汁で十分。かつての大食漢も今や小食漢に成り果てた。使う食器は、茶碗と汁椀だけ、食後の後片付けも、あっという間に終了する。

何十年も飽きることなく卵大好き人間なのは、戦中戦後の食糧難時代、卵は滅多に食べられない高級食品だったということにも由来するのだろう。今や、卵はいつでも手軽に買えて大変ありがたい。値段も、近所のスーパーで一番高いのでも6個で203円と手頃である。

6月から年金が0・1％上がった。金額にしたらどれぐらいなのだろうと振り込まれた通帳を見たら、老齢基礎年金が4月のよりも133円多くなっていた。ひと月分にしたら66・5円、卵2個は買える金額である。私の目玉焼きは、いつも卵1個で、目玉ならぬ月見なのだが、折角年金が増えたのだから、一度は卵2個の本格的な目玉焼きにしようかと、通帳を見て一番先に頭に浮かんだのが卵のことだった。しかし、すぐに、2個じゃ多すぎて食べられないなと撤去した。

卵というのは、年金のわずか0・1％増額の重みを伝えてくれる優れものでもある。それにしても、あの味付きゆで卵は、その後どうなったのだろう。完全に過去の物になってしまったのだろうか。

（2019・7）

昔

㋐ 衣服

附属学校で教育実習をする大学生たちは、実習のためのオリエンテーションの時に、教壇に立つのにふさわしい服装をするようにという指導を受けるそうで、男子の学生のほとんどは、きちんと背広姿でやってくる。ところが、女子学生のほうは、男子の背広に匹敵するような服装がないわけで、実にバラエティに富んでいる。

今年の実習生の中に、見事なミニスカートの、しかも後ろの中央がさらに割れているのをはいて、下着のすけて見えるひらひらしたブラウスを着たかわいい女子学生がいた。

「ミニスカートは今はやってるみたいだし、しかも、あなたはよく似合ってるからはいてもいいとは思うけど、せめて後ろのあいてないのにしなさいね。ブラウスも遊び着ふうのでなく、すけて見えないような仕事着にふさわしいきりりとしたのになさい。生徒というのは、服装であなたたちの知性度を計ったりしてるのよ」

私が多少遠慮しながら注意したら、

「はい、すみません。あしたは着替えてきます」

と、意外と素直な返事である。

そして、その翌日、彼女は裾にぐるりとはなやかな模様の付いたミニスカートをはいて

「パーカー」とかいう帽子付きのシャツを着て、背中で帽子をゆさゆさ揺らしながら廊下を歩いていた。

たしかに、スカートの裾も割れていないし、シャツもひらひらしていない。いったい、こうした若者を、だれがどう教育していったらいいのだろう、などと考えるのは、私がもう時代遅れなのだろうか。

（1988・9）

今

今や、人様の衣服など全く気にならない。自分のことで精一杯である。年金生活では新しい洋服は到底買えないし、欲しいとも思わないが、たまには身だしなみを整えなければならないこともある。

そんな時は現役時代のもので間に合わせるのだが、何しろ体重がどっと減っているので、どれもぶかぶかである。一応体に合わせて何着かは補整してもらってあるが、その後も更に痩せ衰えて、上着は我慢できるとしてもスカートはずり落ちてどうしようもない。

さて、どうしようか。

部屋の天井の真中につるしてある照明器具に、長いひもがぶら下がっている。私がベッドから明かりの点滅を可能にするための装置である。

よし、これを使おう。ひもの結び目をほどいてみたら、二重にしても、私のウエストに巻きつけるのに十分足りる長さである。スカートをちょっとずり上げて、ぐるりと縛ったらうまい具合に収まった。身長が縮まって、ロングスカートに近くなっている長さも、かなりカバーできて一石二鳥である。

まだこれぐらいのごまかしのアイデアは浮かぶかと思うと、満更でもない気分である。

外出先から帰ったら、ひもはまた元の場所にぶら下がって、夜はいつもと全く変わらずに心地よく眠ることができた。

（2019・7）

㋒ 歌声

昔 私は、2学期初めの私の職場が大好きである。やがて来る生徒自治会の祭典附中祭での合唱コンクールをめざして、合唱を練習する声が、放課後の校舎のあちこちから流れてくるからである。

1年生のかわいい声、3年生のきれいなソプラノや声量のあるテノール――音楽の先生の目から見るとまだまだ未熟なのだろうけれど、私は、うまいなあ、中学生でこんなに歌えるのかと、毎年のことなのにいつも感嘆させられる。

昔は、ちょうど変声期に当たる中学生は、歌えなくて当たりまえと思われていた。とんでもない。選曲次第でこんなに見事に歌えるのである。

私たちの学校時代は、音楽のテストというと、ソプラノもアルトもみんな同じ伴奏で歌わせられた。たまたま自分の音域に合う曲に当たった時はいい点をもらえるが、その逆の時はみじめであった。

今の先生は、その子に合った高さの調で伴奏を付けてくれる。どの教科もそんなふうにそれぞれの子供に合った教材で勉強したら、勉強もぐんと楽しくなるのだろうけれど、それは差別につながるという考えもあって、事はなかなか簡単には収まらない。

隣の花は殊更赤く見えるのかも知れないが、時々音楽の先生を羨ましく思ったりする。

（1988・9）

今1月、「からまつ学級」卒業50年のクラス会があった。附属中学校を1968年3月に卒業したA組の生徒たちで、私は2年3年と2年間担任だった。

「からまつ学級」という名称は、卒業後何回かクラス会を開いているうちに、いつからともなく自然に命名されたようである。

その由来は、2年生の時の合唱コンクールで歌った「落葉松《からまつ》」にある。

「落葉松」は北原白秋の有名な詩。その詩に、かつての附中生が曲を付けたのだという。合唱委員たちが音楽室でその楽譜を見つけて、よし、これで行こうと即決。詩の内容に合った、しっかりと落ち着いた気品のある曲である。メロディーも難しくなく歌いやすいというのも着眼点だったのだろうが、委員たちが歌ってみているうちにぐんぐん引き付けられて、これをどう合唱曲に仕上げようかといろいろ工夫したらしい。

からまつの林を過ぎて、
からまつをしみじみと見き。
からまつはさびしかりけり。
たびゆくはさびしかりけり。

の第1連を全員の斉唱で歌い始め、その後、連ごとに男声、女声、混声と、様々の合唱に変曲して、8連の詩を見事な合唱曲にまとめあげた。

コンクールは全学年一緒にしての審査なので、金・銀・銅の3賞は3年生が受賞する慣習だったのが、なんと2年A組が銀賞だったのには、生徒たち自身もびっくりだった。

「からまつ」の歌は、卒業後もクラス会のたびに必ず歌われてきた。

合唱コンクールの時の歌は、どの学級でも、あれほど精根傾けて練習したのに、その後歌われることはまずない。それぞれの学級が選ぶ曲は、こんな大曲どうするつもりだろうと私たちには思われる、教科書にはない難しい曲である。コンクールの後も気軽に時々歌おうというようなものではない。ましてや、卒業後のクラス会でなんてとんでもない。楽譜を用意して、ピアノの伴奏があって、指揮者もいて、という状況のもとでさえ、かろうじてどうにか歌えるという程度である。

ところが、「からまつ」は、合唱とまでは無理だが、基本のメロディーだけだと歌詞さえあれば8連まで大きな声で斉唱できるのだ。

卒業50年のクラス会でも、これまでと変わらずみんなで歌った。かつての教え子たちも66歳。大方は定年を過ぎて新たな人生を歩んでいる。私が彼らの今の年齢の頃は、長く勤めた附属中学校から学部に居を移して、大学生相手の生活だった。

からまつの林を出でて、
からまつの林に入りぬ。
からまつの林に入りて、
また細く道はつづけり。

からまつの林の奥も
わが通る道はありけり。
霧雨のかかる道なり。
山風のかよふ道なり。

の2連3連が、それまでと違った響きを伝えてくれたことを懐かしく思い出す。かつて、ひたすら合唱曲を仕上げることに熱中した少年少女たちが、今、この2連3連に何を感じているることだろうか。

世の中よ、あはれなりけり。
常なけどうれしかりけり。
山川に山がはの音、
からまつにからまつのかぜ。

今の私には、この最後の8連がしみじみと心に染みる。

これまでの人生の中で、その時々に無限の感慨を抱かせてくれた味わい深い詩を、学級の歌として残してくれたクラスを担任させてもらったことに心から感謝したい。

「落葉松」について白秋は、『水墨集』に次のように記している。

「落葉松の幽《ひそ》かなる、その風のこまかにさびしく物あはれなる、ただ心より心へと伝ふべし。また知らむ。その風はそのささやきは、また我が心のささやきなるを。読者よ、これらは声に出して歌ふべききはものにあらず、ただ韻《ひびき》を韻とし、匂を匂とせよ。」

この詩について、ある作曲家が白秋に作曲の許しを得ようとしたところ、詩には曲をつけていいものとよくないものがあるといって断ったというが、我がクラスの曲の調べは、「幽かな自然と自分との心状を歌った」（『詩と音楽』）という白秋の詩に、絶対ふさわしいと私は思っている。

（2019・8）

㋓ 絵本

昔 時々遊びにくる孫のために、このごろは、本屋に出掛けた折に、絵本のコーナーにも立ち寄ったりする。

私の子育てのころは、2歳の誕生日のあたりから絵本を与えたような記憶があるのだが、なんと今は、1歳の赤ちゃんでも喜ぶような、私の目には全く新しいさまざまの絵本がたくさん並んでいる。

我が家の孫が1歳半ぐらいの時にいちばん好きだった本は、『おおきくなった』（松井紀子作・偕成社）という小さなかわいい絵本だった。見開きの左ページに、人参の絵が真ん中に小さく書かれていて、下に「ちいさなにんじんが」と説明がついている。右ページには、同じ絵が今度は紙面いっぱいにかかれていて、説明は「おおきくなった」とついている。ページをめくると、次は傘の絵で、やはり「ちいさなかさが」「おおきくなった」とかかれている。

その後も、「はな」「おばけ」「ふうせん」と全く同じように続くのだが、母親が「ちいさな○○が」「おおきくなった」と読むのに合わせて、「ちいさな」の時には握ったかわいい手を胸の前でくっつけ、「おおきくなった」の時には両腕で大きく円を描いて喜んでいた。

満2歳近くなった今は、『おつきさまこんばんは』（林明子作・福音館書店）の本がお気に入りである。

私たちが子供の頃は、『桃太郎』などの昔話がスタートだったから、絵本との出会いはかなり大きくなってからだったのではないかと思う。

まだ1歳の赤ん坊に、はたして絵本が必要なのだろうか。結構喜んでいる様子を見れば、それなりに知育に役立っているのかもしれないが、それよりも、昔ながらの「エチコ」（嬰児籠）に入れて、じっとがまんの子に育てることのほうが、将来のためになるのではないかと、意地悪バアサンは考えるのである。

（1988・9）

今　書庫のレールが壊れて役立たずになって久しい。幸い退職してからだったので、これからは書斎の本だけで間に合わせるさと、のんきに構えて修理もせずに放置してある。孫の愛読書だった絵本や職業柄多少買い集めた児童書の類は、以来、閉された奥に眠ったままだ。

先日、2階の空き部屋で捜し物をしていたら、なんでこんな所にと、『かちかち山』と『浦島太郎』の絵本が思いがけない場所からひょっこり現れた。昭和の初めに出版された「講談社の絵本」の絵をそのまま使った「新・講談社の絵本」全8巻の中の2冊である。これが世に出て、私がすぐ買ったのが2001年、その頃、我が家の書庫はまだ機能していたはずだが、手元に置いて使っているうちに書庫へ保管し損ねたのだろう。

久しぶりに開いてみて懐かしかった。

私たちの子供の頃、まだ身近にもあった、臼、きね、くわ、かごなどの道具類、おじいさん、おばあさんが身に付けている、もんぺやわらじなどが、リアルに描かれている。『かちかち山』の絵を楽しみながら読み進めているうちに、今まで見過ごしていたことに気がついた。

この絵本は、見開き2ページが一枚の絵になっていて、全部で21枚の絵があるのだが、タヌキは、おじいさんが芋掘りをするのをやぶの中からこっそり見ているという2枚目から登場する。おじいさんが家へ帰った後、タヌキは芋を引き抜いて自分の穴へ運び込む。その後も悪さを続けるので、おじいさんは捕らえようとわなを仕掛け、掛かったタヌキを縛って家へ持ち帰った。そして、天井からつるして、「逃がさないように見張っていておくれ。今晩タヌキ汁にしよう。」とおばあさんに言って、また畑へ出て行った。

おじいさんがいなくなると、タヌキは、言葉巧みに麦をついているおばあさんを言いくるめて縄をほどかせ、きねをつかんでおばあさんに力いっぱい振り下ろした。

9枚目の絵のここまでは、タヌキは自然の中にいる動物として野性のままの姿で描かれているが、この後の10枚目からは、ここから登場するウサギと共に、着物を着て凝人化された姿で描かれている。

あれっ? なんで途中から着物なんだろうと読み返してみると、ストーリーの展開に沿って変えているということが分かる。なるほど、絵本の面白さというのは、こんなところにもあるのだ。

「浦島太郎」の絵も、よく見ると、かつて読んだときと違ったものが見えてきて、なかなか面白い。

浦島太郎の家や浜辺の様子は日本の漁村の風景であるのに、竜宮城は中国風の立派な御殿で、調度類も乙姫や侍女の服装もすべて中国風である。そうした中で、ただ一人浦島太郎の身なりは、竜宮城でも最後まで日本の漁師の格好だ。華やかな異国の竜宮城と貧しい日本の漁村とを対比した絵を見ていると、いろんなことが想像されてくる。

あの竜宮城は、いったい何だろう。男の人のための快楽の場所と考えたらどうだろう。乙姫は吉原で言えば花魁《おいらん》、亀は客引き。亀をいじめた子供たちも亀の手下なのではないか。浦島は花魁の虜《とりこ》になって、自分の家のことなど忘れてしまう。ようやく遊びに飽きて、さあ大変と慌てて帰ってみたら家族に迎え入れてもらえなかったと、今の世にも当てはまりそうな話である。

それでは一体、あの玉手箱の白い煙は、現代では何なのだろう。そんなことを考えると、〝サンデー毎日〟の老いの一日も、退屈せずにかなり充実しそうである。

（2019・9）

お　お星さま

昔　四年ぶりに眼鏡を新しくした。

まず驚いたのは星の数である。今まで私の目に入っていたのは、シリウス、アンタレスなどのずばぬけて明るい星だけほんのわずかだったのが、空一面に輝いて見える。今月は眼鏡に大金を払ったので、あとは耐乏生活なのだが、星を見た瞬間お金のことは忘れてしまった。これほどの感動の代金としては安すぎるくらいである。

年をとると、とかく感動する心を失いがちである。でも、ちょっと何かの助けを借りれば、私でもまだまだ感動の喜びを味わえるという自信が湧いてきた。〝心〟にも〝めがね〟を掛けて、感激で胸おどらせる日々を過ごしていきたいものだと思う。

（1988・9）

今

初めて眼鏡を掛けたのは中学生の時。近眼の度はどんどん進んで、頻繁に買い替えた。新しくするごとに一番感動したのが星空だった。それが今や、眼鏡を替えたからといって星が見えるということはなくなった。

でも、星は見えなくとも、眼鏡は今の私の生活を随分と豊かにしてくれている。

一番長時間お世話になっているのが遠近両用。終日これ一つだけでいろいろと楽しく過ごさせてもらっていることが多い。

二つめは、読んだり書いたりするときの老眼鏡。ほとんどの場合遠近両用で間に合うのだが、長時間文字と向き合うときは、やはり専用のほうが能率的である。

三つめは、パソコン用。これを使うようになって嫌いなパソコンも大分楽になった。何しろ指が決まっているわけではないので、文字盤とディスプレーとをいちいち見比べていなければならない。更に下書きの原稿と、3か所を見回しながら打つのだから大変である。そんな私が何とかパソコンで原稿を仕上げられるのは、この眼鏡のおかげである。
幸いなことに、星は今も私の心の中に輝いている。特に、中学校に勤めていた頃、酸ヶ湯のキャンプ場で生徒たちと見た満天の星空は、今も美しく輝き続けている。

（2019・9）

それでも今の時代に感謝（1）

今も私の記憶に残っている子供の時の歌に「父母の声」というのがある。

1　太郎は父のふるさとへ　花子は母のふるさとへ　里で聞いたは何の声
山のいただき雲に鳥　望み大きく育てよと　遠く離れた父の声

2　太郎は父のふるさとへ　花子は母のふるさとへ　里で聞いたは何の声
浦の松風波の音　いのち清しく生い立てと　遠く離れた母の声

太平洋戦争の末期、空襲から逃れて都会の子供たちは、親許を離れて僻遠の親戚の所へ疎開した。頼る縁故の地のない家庭の子供は、学校ごとに集団で疎開した。都会に残った両親が空襲で亡くなり、列車の窓から手を振ったのが永遠の別れとなった子供も大勢いたのである。

学校が休みになって子供の相手をするのが大変と親が愚痴るのを聞くと、全くの人災である戦争の愚かさを改めて思う。子供と一緒にいて疲れるのは幸せの証《あかし》である。

新型コロナウイルスから逃れて閉じこもり中の老人のつぶやき

何度でも行ってみたい所

——「か・き・く・け・こ」——

㋕ カトル・セゾン

昔 学生時代土手ブラを楽しんだ世代としては、繁華街が駅前に移った今も、買物の足は自然と土手町に向く。

土曜の夕方など、本を探したり、洋服を試着したり、食品市場を歩いたり、そして最後は、どこかの喫茶店でコーヒーを飲んで——と、土手町は、私にとって仕事のことをしばし忘れてくつろぐことのできる憩いの街である。その土手町に、この夏、私の楽しむ場所が一つ増えた。土手町十文字の代官町寄りのカメラ屋さん（カンコー堂）の隣りに開店したケーキとコーヒーの小さな店、「カトル・セゾン」である。経営者は、山崎倫子さんというカンコー堂のお嬢さん。彼女の手作りのケーキが一日数種類ずつ日替わりで用意されている。

オレンジから作ったリキュールを染み込ませたウィーン風のタルト「ショコラヴィエンナ」、ラズベリージャムの彩りで市松模様を描いたスポンジケーキ「モザイク」、これが本当にカボチャなのかしらとびっくりさせられる「パンプキンプディング」など、私が食べたのはまだ10種類に満たないが、どれも普通のケーキ屋さんのケーキとどこか違った、ホームメイドのあたたかさとプロの腕の冴えと、両方味わえるおいしいケーキである。

それにまた、ケーキと皿とカップとの組み合わせ方にも、細かな心くばりが感じられてうれしい。私は、ケーキなしでコーヒーだけを注文する時もあるのだが、そんな時は、ぐんと華やかな色彩の厚手のコーヒーカップに入れてくれたりする。

何よりうれしいのは、若いお嬢さんなのに新人類でないこと。清楚な感じのお母さんといっしょに、いつでもさわやかな笑顔で迎えてもらえる、心なごむ場所である。

（1988・10）

今　お嬢さんと一緒にカトル・セゾンを経営していた女学校時代からの友人、木村厚子さんが2018年3月逝去された。家族葬のなかに入れていただいて最期のお別れをさせてもらった。

弔　辞

厚子さん、さようなら。

10代の少女時代からおよそ70年、親しく交流を続けてきた私たち高校同期生の仲間も、ここ数年の間に、次々と彼岸へ旅立って行きました。

吉田兼好は『徒然草』の中に、「人間は四十にならぬうちに死ぬのがいい。年を取ると恥をかくことが多いから」と書いています。『徒然草』が書かれた14世紀後半と今とでは、長生きの基準が違うのは当然ですが、40歳を2倍の80歳としたとしても、私たちはそれ以上の年齢まで生きてきました。

あなたが亡くなられたという電話をお嬢さんの寿子さんからいただいて、私は、ご遺族の皆様には失礼ながら、正直のところこみあげてきたのは、悲しみの涙ではなくて、安住の地へ旅立たれるあなたを羨む思いでした。寿子さんから、あなたが弘前中央高校時代の楽しかった思い出を、最期のときまで折に触れて話されていたということを伺って、その夜、私は、あなたのことをいろいろと思い起こしながら、懐かしい母校の校歌を知らず知らずのうちに繰り返し口ずさんでいました。戦後カットされて私たちの脳裏から遠ざかっていた3番の歌詞が、特に心に染みました。3番の最後は、こんな言葉で結ばれています。

優しく強く　日の本の

大和をみなと　生ひたたん

厚子さん、あなたは、まさしく優しく強い大和おみなとして生きた人だったと思います。

あなたと私との縁《えにし》の発端は、昭和20年4月、県立青森高等女学校に入学した時でした。太平洋戦争終結の4か月前、既に敗戦の色濃い時期で、勉強は雨の日だけ、毎日が幸畑の山の荒れ地を開墾するという日々でした。そして、7月28日の青森空襲で、あなたも私も家を失い、あなたは田舎館村に、私は弘前市に居を移して、共に弘前中央高校の前身弘前高等女学校で学ぶこととなりました。考えてみますと、二人とも空襲の被災者、戦後の急激なインフレの中で学用品にも事欠く貧しい生活でした。それなのに、あなたは女学校・高校時代の幸せだったことを寿子さんに常日頃語っていらっしゃったそうですね。とかく立ち回りの大きかった私とは違って、いつも穏やかな笑顔で聞き手に回ることの多かったあなたも、心の内は同じだったのですね。

終戦から3年目、昭和22年というのは、戦後の歴史のうえで大変大事な年でした。現在の憲法はこの年の5月3日から施行されました。教育基本法、学校教育法も実施されて、現在の6・3・3制はこの年から始まったのですが、旧制度の高等学校・中学校・女学校もまだ残っていて、私たちは、「青森県立弘前高等女学校併設中学校」という長い名称の学校の3年生となりました。

そうした中で、私たちは、戦時中の束縛から解放されて、昨日よりも今日、今日よりも明日と、物質的には豊かに、精神的には自由になっていく日々を楽しんだのです。『青い山脈』が戦後初めての新聞小説として朝日新聞に登場したのも、その年の6月でした。『青い山脈』は、新・旧が混沌と入り交じった社会を背景に、旧制度の女学校を舞台とした小説で、新しい民主主義というものをよく理解できずに戸惑っている人たちに、民主主義を具体的に描いて見せてくれた小説だったのですが、私たちは、登場人物が自分たちと同じ世代、舞台も自分たちと同じ女学校、時代までがなんと今現在で季節も全く同じ6月ということで、すっかり夢中になりました。毎朝新聞を読んで出校する人がだんだん増えて、休み時間はその話題で盛り上がりましたよね。

そして、その3年後、新しく決まった「青森県立弘前中央高等学校」という校名の書かれた卒業証書をもらって世に出たのでしたが、学校と違って、世の中はそんなに民主化されてはいませんでした。多くの人は花嫁修業の後結婚して専業主婦となり、勤めに出た人もその傍ら家事を身に付けて結婚後は主婦業に励みました。

あなたも中田木工所に勤務しながらプロ並みの洋裁技術を会得されて、お二人のお嬢さんの洋服は全部手作りだったそうですね。高校卒業後は、お互い仕事や子育てに忙しく、長い間ご無沙汰のままに歳月が過ぎましたが、思いがけなく頻繁にお会いできるようになったのは、あなたが代官町に喫茶店を開かれたときでした。たまたま一番仕事にのめり込んでいた時期だった私は、通りすがりのたびにあなたのお店に寄って、高校時代とちっとも変わらぬ優しい笑顔のあなたと話すのが、本当に心の安らぐひとときでした。家庭でも職場でも、せいぜいインスタントコーヒーを飲む時間的ゆとりしかなかった私にとって、あなたの心のこもったコーヒーの味のなんと素晴らしかったことか。そして、また、上のお嬢さんの手作りだというケーキのなんと美味しかったことか。そのころ体調をくずして砂糖を控えていた私のために、当時まだ一般の喫茶店では用意していなかったノンカロリーの甘味料をわざわざ常備してくださったお心も忘れられません。

振り返ってみますと、焼夷弾の落ちてくる中を必死で生きのびたことをはじめとして、あなたも私も、決して幸せの道ばかりを歩いたわけではありませんでした。

「涙とともにパンを食べた者でなければ人生の味はわからない」

これは、ドイツの文豪ゲーテの人生経験あふれた言葉です。私は、かつての労苦が、今の人生を味わい深くしてくれていると最近思っているのですけれど、それは、あなたも同じではないでしょうか。

涙と共にパンを食べられたからこそ、「優しく強い　やまとおみな」として生きられましたし、最期は人生の味を十分に楽しまれることができたのだと思います。

私も間もなくそちらへまいります。また美味しいコーヒーをご馳走してください。それでは、ひとまず　さようなら。

安らかにおやすみください。

合掌

２０１８年3月10日

佐藤きむ

㊗ 着物の展示会場

昔　私は和服が好きだ。と言っても、しょっちゅう和服を着ているというわけではない。ましてや、いい着物をたくさん買い集めているということではもちろんない。店に飾られているのを見て歩くのが好きなのだ。どうせ買うのではないのだから、値段は高ければ高いほどいい。どこの呉服屋さんでも、ウィンドーには、何十万もする振袖や訪問着を大きい衣桁《いこう》にパッとひろげて豪華に飾ってある。高価な物は、やはりそれだけの風格があって、図柄も見事だが、布地全体もまたしっとりと垂れ下がっていて重みが感じられる。

大抵の呉服屋の店員さんは、私が買うために見ているのではないことを見抜いていて、私のそばにはほとんど寄ってこないので、私はだれにもわずらわされずにゆっくり鑑賞できる。

こういうふうにゆっくり眺められるようにするのには、コツがあるのだ。

まず、和服は着て行かないこと。着物姿だと、この人は着物が好きだと思われて、しつっこく品物を勧められて抜き差しできなくなったりする。

第二に、できるだけみすぼらしい服装をしていくこと。これからの寒い季節だと、まず、ヨレヨレのコートを着る。そして、それに、更に付属品で細工をする。例えば、ハイカラな帽子はやめて薄汚れたネッカチーフをやぼったくかぶる。靴はつやのなくなった古いゴム長がいい。ハンドバッグもやめて、食料を買い出しに行く時のズダ袋を持つ。これぐらい扮装《ふんそう》すれば、たとえ仮に、ふところにン十万円の札束を持っていたとしても、店員さんに上客と見られることはまずない。ゆっくりと高級品の着物や帯をあれこれ眺めて楽しめるというわけだ。

私の友人のお姉さんで、呉服の商売をしている人がいる。展示会を開く時には私にも必ず案内状をくれるので、都合のつく限り〝見物〟にいくのだが、これがまた、街の呉服屋さんのウィンドーを眺めるのと違って、鏡の前で羽織ってみることができるのだから楽しい。

私と同じ手合いの悪友どももぞろぞろやってきては、取っ換え引っ換えファッションショーに打ち興じている。「あーら素敵じゃないの。買っちゃえ、買っちゃえ」と、金持ちの友人をそそのかして一人二人に買わせると、あとは控室でお茶をご馳走になりながらクラス会が始まる。夏休みの暑い日など、冷房が効いた会場はまことに快適で、「ねえ、きんさん、あなたも年中同じくたびれた洋服ばかり着ていないでさ、あの粋な縞柄の着物なんか着て机に向かえば、あかぬけしたエッセイが書けるかもよ」などとおだてられると、ついついその気になりかけて、あわてて中身の乏しい財布のひもを締めたりする。

私がすごい衣装持ちの友人と対等に着物の話ができたり、高級呉服に使われているスワトウ刺繍のスワトウというのは、中国の港町の名前で、漢字では「汕頭」と書くのだということを知っていたりと、和服に関する知識を意外とたくさん持っているのは、ネッカチーフにゴム長の扮装と、展示会の図々しい客であるおかげである。（1988・10）

今 50代の文章を読んでみると、私は着物を見るだけで、ほとんど着ていないように書かれてあるが、実は時々着て楽しんでいた。50代というのは私の最高に多忙な時期で、よくもまあ、そんな暇があったものだと思うのだが、忙しいだけに休みが取れた日は気分転換してみたかった。

夕方来るという客を迎えるのに、早々と和服に着替えて割烹着姿で台所に立ってみたり、友人たちと申し合わせて小紋の和服で花見に出掛けたり、それなりに和服も役立った。

それが加齢と共に着るのが大儀になった。かつての仕事柄、洋服簞笥の中の洋服はほとんどが固い感じのスーツなので、会合の時には和服にしたいのだが、何とも面倒である。70代の後半頃から、年に10回は和服を着ようと目標を立てて、何とか目標を達成していたのだが、84歳の時に大腿骨を骨折して以来、一度も和服簞笥を開けていない。

もう和服は無理と孫の結婚式もありあわせの洋服ですませたのだが、パーティーなどの訪問着の類はあきらめるとしても、普段着の紬《つむぎ》は今も着てみたいと思う。

華やかな色彩の反物は絹の白生地に絵柄を染めるのだが、紬はデザインされた模様に合わせて糸の段階で染める。縦糸と横糸とで正確に模様を浮き出させるためには、染め・織り共に少しの狂いも許されない。一般にお祝の席などで着るのは華やかな染めの着物、気軽に街着として着るのが紬ということになっているのだが、紬が反物に仕上がるまでには高度な技術と途方もない時間が必要であり、値段はおのずと高価である。

そんな何十万円もする紬の着物が私に無縁であるのは言うまでもない。私が持っている紬は、模様が出るように染めてあるのは横糸だけで縦糸は無地という、〝横双の紬〟と言われている代物だ。これだと染めも織りも技術がぐんと簡単である。値段も本物の10分の1以下ですむ。

模様を描くのは横糸だけなので鮮明ではないが、その霞んだ感じが、それはそれで風情があって私は好きだ。柔らかい染めの着物と違って、シャキッとした紬は着付けも容易で、無器用な私でも短時間で着られる。長い間、私と一番相性のいい着物だった。

　私の人生も、反物に例えたら縦糸が無地だったと言えるのではないだろうか。窮屈な決まりに縛られたのは戦時中の子供の時代だけで、その後は全く自由に生きられた。でも、ただのんべんだらりと生きたわけではなくて、それなりの横糸の仕事もしてきたと思いたい。さほど社会に貢献できたわけではないが、一応税金を納める側の世界を歩むことができた。それは、縦糸が無地、模様は横糸だけという私の能力に合った道だったから可能だったのだと思う。

　今、横双の紬を着たら、どんな感触だろうか。もう一度着てみたいと思ったりもしている。

（2019・10）

㋗ 求聞寺

昔　「ぐもんじ」と読む。

百沢街道の岩木山神社のすぐ手前を北へ入って、私の足でもさほど疲れない程度のあまり長くない参道を登ると、このお寺がある。

むかし、土地の人たちが「ゴモジ」と言っているのを聞いて、いったいどういう字を書くのだろうと思ったら、なんと「ぐもんじ」だった。

本尊は虚空蔵菩薩。右手に知恵を表す剣を持ち、左手に功徳を表す如意宝珠《にょいほうじゅ》を持ち、頭に五つの知恵を表す冠をかぶった美しい菩薩である。この菩薩の知恵と功徳は、大空（虚空）が無限に大きいように無尽蔵であるということから虚空蔵菩薩というのだそうである。手元にある百科辞典や国語辞典を引いてみると、文字の通りに「こくうぞうぼさつ」と読ませているのだが、このあたりでは「こくぞうぼさつ」「コクゾサマ」と呼ばれているようだ。

この虚空蔵菩薩を本尊として修する行法を虚空蔵求聞寺法というのだそうだが、この修法は頭脳を明快にし、記憶力を増大すると言われているそうである。それで、近年は、合格祈願のために求聞寺を訪れる人が増えてきているらしいが、私が求聞寺へ行きたいと思うのは、お参りしたいということよりも、樹齢数百年は優にあろうかと思われる杉木立の参道や、さまざまの種類の木々に囲まれた境内を歩くのが好きだからである。

特に夏は素晴らしい。私たちの住み処《か》が30度を越している真夏日でも、ここは、木々の間を吹き抜ける緑の涼風が実にさわやかで、あちこちの木の上で一斉に鳴くセミの声も、夏の大合唱として感動的である。はなやかな岩木山神社の陰にひっそりと建つ求聞寺は、いかにも知恵と功徳の菩薩を安置するのにふさわしいたたずまいである。

9月の末の日曜日、数年ぶりに求聞寺へ行った。昔は多分石畳であったであろう参道の階段が、立派なコンクリート造りに仕上げられていたのはやむを得ないとしても、階段の両側の土が一面にセメントで固められてしまっていたのは、理由を知らぬ私には悲しかった。杉の梢が堂々と天空高く伸びているだけに、その根元が無惨にもセメントで覆われてしまっているのはいかにも哀れだった。境内の景色もかなり変わって、鐘を寄進した人たちの名前と金額を記した石が、鐘堂の周りをぐるりと囲んでいた。

自然との調和を美しく保ってきた岩木山の仙境も、科学やお金で物事を片付ける簡便さに走る現代の風潮から逃れることができなかったのだろう。

それでも、まだまだ求聞寺は、岩木山の大自然にゆったりと包まれていて、参道を登りながらふと立ち止まって左右に目を移すと、杉木立の間には濃淡さまざまの緑が重なり合って吹く風に揺れ動いている。

近代化して「こくうぞうぼさつ」の「ぐもんじ」になってしまわずに、昔の面影を残す「コグゾサマ」の「ゴモジ」であるうちに、何度か足を運んでおきたい場所である。

（1988・10）

㋘ Kさんの別荘

昔 友人のKさんは、温泉付きの別荘を持っている。

広々とした浴場にお湯があふれ出ていて豪勢である。湯上がりにビールをご馳走になりながら眺める居間からの風景は、すぐ近くに迫っている小高い山が庭続きの借景になっていて、これまた見事である。

「暮らしの手帖」の創刊者である故花森安治氏が、銭湯と温泉の違いは、浴槽の中に、よいしょとまたいで入るか、するりと入るかの違いであると何かに書いていたのを昔読んだ記憶があるが、たしかに、浴槽の縁が洗い場と同じ高さで、するりと中に入るとお湯がゴーッと流れ出るというあの瞬間が、ああ温泉っていいなあと、ブルジョア気分を味わわせてくれるのである。

しかも、Kさんのところは、このブルジョア気分を無料で味わわせてもらえるのだから、貧しき庶民の身にはこたえられない。

「そんなに温泉がいいんだったら、お前も奮発して別荘を持ったらどうですか」と言われれば、当然私は、「いいえ、とんでもない、とてもそんな身分ではございません」と答えるのだが、「それじゃ、お前にわたしの別荘をただであげよう」という人が現われたらどうしよう。やっぱり私は、「いいえ、とんでもない。とてもそんな身分ではございません」と同じように答えるだろう。(そんな人がいるはずもないが)

別荘どころか、毎日生活している陋屋《ろうおく》さえもろくすっぽ掃除しない私が、セカンドハウスなんて滅相もない。怠け者の私は、自分で別荘を掃除したり自分で食事を作ったりするくらいなら家で寝ていたほうがいい。別荘を持てるような人は、勤勉に働くからそれだけのお金を手にすることができるのだし、働くことをいとわないから、別荘での生活を楽しむことができるのだ。

豪華な温泉に入れてくれて、おいしい食事をご馳走してくれる友人を持った私は、まことに幸運な怠け者である。

（1988・10）

ⓒ 康楽館

昔 秋田県小坂町に康楽館という劇場がある。小坂は古くから鉱山の町として栄えていたが、康楽館は鉱山で働く人々の厚生施設として、明治43年、鉱山会社によって建てられたものである。こけら落としに尾上松鶴一座の大阪歌舞伎が上演されたというこの劇場は、今は、小坂町の所有となって保存されている。洋風のハイカラな木造の建物で、当時の建築技術の粋を集めたものだという。中は全くの日本風の劇場で、一階と二階に桟敷があり約600名を収容できるそうだ。客席から舞台まで左側に本花道、右側に仮花道が通っていて、舞台には4人の人力で回す回り舞台まである。

ここで、4月から12月まで、「伊東元春と剣誠会」という浅草の劇団の、太鼓、民舞、殺陣のショーが行われている。この夏2回、私はこのショーを見る機会があったのだが、これが、実に「スゴイ!!」というより言いようのないすごいショーなのである。

演じる人は、座長伊東元春以下、男性4名女性2名の全部で6名。舞台裏の仕事や照明、黒子などは役場の職員が担当しているのだという。上演回数は一日3回で、時間は1回40分、お客様が一人でもあれば幕を開けるのだそうだ。

私が最初に行ったのは7月の末だったが、客は私たちの一行4名しかいなかった。メーンの劇のテーマは「火事とけんかは江戸の華」というのだったが、なんと舞台装置も本格的で、それが火事で燃える時のありさまは、赤い照明とドライアイスの煙で実に迫力がある。一本のまといが回り舞台の上に立てられてぐるりとひと回りする場面もあって、回り舞台の効果を見事に演出して見せてくれていた。

何よりも感動したのは、たった4人の観客なのに、全く手抜きをせずに精一杯の演技を見せてくれることである。特に全身から汗を噴出させて力演する太鼓は、見ている自分の体が知らず知らずのうちに前に乗り出していくくらい感動の世界に引き込まれてしまう。

二度めに行った時の芝居は「武田信玄」で、座長が武田節を歌いながら登場するところから幕が開いた。太鼓の場面は、太鼓の置き方も、前回の時とがらりと違っていて、それに座長の三味線も加わった。歌に、踊りに、太鼓に、三味線に、殺陣にと、その芸域の広さには、ただただ舌を巻くしかない。

それに、座長を除いた5名の座員（女性の一人は地元の人だという）が、みんな若い（おそらく20代だろう）というのもすごいことだと思う。とかく、安全で無難な人生を選びたがる現代の若者の中に、こうした昔ながらの芝居に情熱を燃やし続けている人たちのいることは素晴らしいことである。

ほとんどが姿を消してしまった古い劇場の文化を今に伝えてくれる、康楽館と伊東元春

一座の方々に、心から感謝の拍手を贈りたいと思う。（1988・10）

今　求聞寺も康楽館も、今では行ってみたい所ではなくなってしまった。

求聞寺を取り巻く岩木山麓の大自然は、昔と変わらず今も存在するし、康楽館は、建物も定期的に催されている公演も変わりないのだが、今の体力と不自由な足とでは行くのは到底無理な話で、不可能と思われることに挑戦しようという気力は、加齢と共に自然に消滅していくということを実感している。

ただ、Kさんの別荘だけは、今も行ってみたい所である。

Kさんの別荘は、今は〈別荘〉ではなくて〈本宅〉である。ご主人の晩年、別荘を本居にご夫婦二人でゆったりと暮らされていたが、数年前ご主人が他界されて、今はKさんが独りで住んでいる。弘前からはちょっと離れていて、私の家からは求聞寺よりもかなり遠いのだが、気持ち的にはKさんの別荘のほうがぐんと近い。行こうと思えばいつでも行けると思うのは、Kさんの笑顔が常に脳裏にあるからだろう。年を取ると、何としても人と会うのが一番楽しい。Kさんは、温泉に入りに来てねと、いつも言ってくれるのだが、今は温泉はどうでもよくて、Kさんとの歓談の時が楽しみなのだ。

私は12歳の時から弘前市にずっと住み続けていて、Kさんとはその12歳からの友人である。Kさんばかりでなく、中学・高校と共に学んだ友人たちと、時々会っては、食べて、しゃべって、笑っている。

老人の心の糧は、何としても直接人の心と触れ合うことだと、暮らしの折々に痛感する昨今である。

（2019・11）

それでも今の時代に感謝 (2)

全国の学校が一斉に休校になって、子供を持つ親にとっては一大事である。学力低下を一番心配している親たちに私は言いたい。確かに休校による弊害はあるけれども、学力に関しては、ひと月ふた月休んだとて長い人生にさほど影響を与えるものではない。だいたい学校で勉強した知識は、一般庶民にとって社会人になってからさほど役立たないのが普通である。

「三角形の2辺の和は他の1辺よりも長い」という幾何の定理を知らなくても近道は選べるし、車のタイヤの体積は積分を使って計算すると高校で習った記憶があるが、そんな形の物体の体積を知る必要は、人生で一度もなかった。ドーナツを食べながら、重さを気にする人はあったとしても、体積を考える人はいない。

私は戦中戦後あまり勉強できなかった期間が何年かあったが、私たちの年代で、恵まれた時代に学校生活を送った人たちと、引けを取らずに仕事をした人は大勢いる。

新型コロナウイルスから逃れて閉じこもり中の老人のつぶやき

夫婦（ふたり）のあこがれ

――「さ・し・す・せ・そ」――

㋚ 魚の焼きたて（妻）

昔 焼きたてのあつあつの魚を食べたい、食べさせたい、それが私のあこがれだなんて、人が聞いたら、さぞみじめな暮らしと思うだろう。旦那様の帰宅の時刻を見計らって電気釜のスイッチを入れ、旦那様が風呂に入っている間に魚を焼いて――という生活をしている専業主婦の人には考えられない願望である。

久しぶりに夫婦いっしょに終日過ごすことのできたこの前の日曜日、私は夕食のおかずにサンマを買ってきた。冷凍ではない水揚げされたばかりだというそのサンマを、早速焼いて、まだ皿の上でジュージューしているのに大根おろしを添えて醤油を掛ける。

御飯は電気釜のスイッチが切れてからおよそ10分、最適の蒸れ加減で、御飯粒が一粒一粒輝いている。味噌汁もサンマの焼き上がるのとほぼ同時にできてワカメが青々と浮いている。

その他二、三品ちょっとしたおかずを合わせても、一人分の費用が1000円にも満たない夕食が、〝焼きたて〟〝炊きたて〟であるということだけで、舌がびっくりするほどうまい。

　もう10年以上我が家の家事一切を取り仕切ってくれている台所主任（というよりも主婦代行というべきか）の勤務時間は午後四時まで。彼女が三時ごろ作ってくれた夕食を私が食べるのは、七時か七時半ごろ。私よりも大分早く帰宅する夫は、毎晩一人わびしく晩酌をすませて夕食を食べるのだが、どうかすると、味噌汁の鍋が、夫の食事の時から私が帰るまで、ストーブの上でグラグラ煮立ち続けていたりする。味噌汁特有のいい匂いなんぞとっくのむかしにふっ飛んで、煮染まった茶色の液体の中に、とろけそうになった菜っぱが哀れな姿で泳いでいる。

　焼きたての魚、蒸したての茶碗蒸し、揚げたての天ぷら、出したての漬物、等々、料理のほとんどはできたてがうまいが、私が食べたいのは、「焼きたてのステーキ」や「炊きたての鯛の潮汁」なんかではなくて、せいぜい「焼きたてのサンマやイワシ」「できたての味噌汁」程度である。

共働きというのは、多くの場合、生活水準を引き上げることを目的としているのだろうけれど、30年以上の共働きの結果が、一パックせいぜい200円か300円で買えるサンマやイワシを食べるのがあこがれというのでは、いったい私たちの共働きはどういうことだったのだろうか。

（1988・11）

今

焼きたての魚を食べることにあこがれるなんて、容易に実現できそうなことだが、亡夫との思い出の中で悔いの残ることの一つが、夫に焼きたての魚を十分食べさせられなかったことである。

夫が死んだのは私が70歳の時。私の定年の5年後だが、まだ非常勤で働き続けていた。夫の最後の夏、まだ体力が残っているのを幸いに、死期の迫っていることを本人や周囲には内緒にして、義弟や娘の夫の運転で何度かアユ釣りを楽しんでもらえたのが、私にとっては救いだった。釣りの日は私も早めに仕事を終えて、焼きたてのアユを一緒に食べた。夫は、いつもは一番大きいのは自分で食べてきたのに、その最後の年だけは、「これうまいぞ、お前食べろ」と私に食べさせた。絶品の味のはずなのに、無理に笑顔で食べたアユは悲しい味だった。

禁漁の期間のあったハタハタが近年店頭に出回るようになって、大好物の私は、旬の時季の間中、たびたび食卓に登場してもらった。味はもちろんだが、焼きたてだと姿のままで骨がするりと抜けて、衰えた私の歯でも丸ごと食べられるのがありがたい。

焼きたて骨抜きのハタハタを食べながら、夫と一緒にアユを頭から骨ごとムシャムシャ食べた日のことを、今も思い出している。

（２０２０・１）

ⓢ　四万十川（夫）

昔　「四万十川」（しまんとがわ）――高知県の土佐湾に注ぐ日本最後の清流と言われている川である。ダム、護岸工事などの人工的なものが全く加えられていない自然のままの川で、沿岸は集落も少なく、木がたくさん茂っているという。アユ、アマゴ、ウグイ、ハゼ、カジカなど、さまざまの種類の川魚の住み処《か》でもあり、川を生活源としている人も多いそうである。

「釣り好き」と言うよりも、「釣りキチ」と言ったほうがぴったりしそうな我が夫は、この四万十川で釣りをするのが長年の夢で、「おれが行くまでなんとかダムなどができないように」とひたすら願い続けてきたのだが、どうやら自然の清流でいるうちに夢を実現できることとなった。というのは、来年3月で定年を迎え、40年の勤めに終止符を打つことになったからである。

「何日間ぐらいの予定で行くの?」と聞いたら、「持っていった金がなくなれば帰るさ」だそうだ。カード一枚で、どこでも預金を引き出せる時代に、退職金を札束にして腹巻に入れていくつもりらしい。

「まあまあ、ゆっくり行ってらっしゃいよ。川で溺れて行方不明になっても、わたしは捜しませんからね。あなたが死んだら、今まであなたに釣り上げられた魚たちが、きっと勢揃いして地獄の入口で待っているでしょうよ」と、私は言うのだが、しかし、考えてみると、それらの魚たちをすべて火あぶりの刑に処したのは女房の私であり、私もまた夜な夜な魚たちの亡霊に悩まされることを覚悟せずばなるまい。

（1988・2）

今夫は、とうとう四万十川には行かずに終わった。退職した時には、完全にその気がなくなっていた。

地元の川のほうが、はるかに素晴らしいということが分かったからだという。一番足繁く通ったのは追良瀬川だったのではないかと思うのだが、笹内川、津梅川、赤石川などにもよく出かけた。人里離れた渓流沿いの川は、流れ込む生活水が少ないので清流に育つ苔の質がよく、それを食べて育つアユは、四万十川のアユよりも氏も育ちも高貴であるというのが彼の言い分である。

たしかに住む場所の水によって、アユの味は異なる。夫に尋ねなくとも、これは一番馴染んでいる追良瀬川の味、この間のは赤石川と、私にも判別できたから、知らず知らずのうちに私も釣師の女房としての資格を少しずつ身に付けていったのだろう。

私は仕事にかまけて、夫の釣りに同行したことが一度もなかった。春のイワナ・ヤマメから始まって落ちアユの時期まで釣りシーズンは長いのだから、一度でいいから一緒に出掛けて、釣った魚を河原で料理して食べさせたかったし食べたかったと悔やまれるのだが、今となっては詮無いことである。

（２０２０・２）

㋜ 墨の香り（妻）

昔 私の本箱の中にB５判ほどの大きさの硯《すずり》がしまわれている。天保13年（１８４２年）生まれの父方の祖父が愛用した物だそうで、蓋の裏に、大正８年古道具屋で購入したと、祖父の字で書かれている。私は、この硯を使って、学生時代時々書道を楽しんだ。でも、中学、高校のころは家庭があまり豊かでなかったので、立派な硯とは全く釣り合わない安い墨しか買えなかった。大学生の時に多少ゆとりができて、大学の書道の先生だった宮川逸仙先生に選んでいただいて、初めて桐の箱に入った墨を買った。今もその墨は、ようやくつまめるぐらいに小さくなって残っているが、それを見ると、初めて素晴らしい香りに出会った時の感激を思い起こさせてくれる。

私が就職した年にマジックインキというものが登場した。やがて筆ペンも売り出された。ほんの少し書道をかじってみたというだけで、毛筆があまり得意でなかった私は、すぐにマジックや筆ペンの愛用者になった。以来祖父の形見の硯は、本箱の中で眠りっぱなしである。

仕事に追われて、これという趣味を持たずに過ごしてしまった私は、退職後この硯を使って、小さな色紙に「百人一首」を書いてみたいというのが夢である。私が死んだ時に、枕元の屛風《びょうぶ》にカナクギ流の文字の書かれた色紙が貼られていたとすれば、私のたった一つの趣味に関する夢が実現したということになろうか。

（1988・2）

今 こういう望みを持ったりしたことが、そう言えばあったっけと、思い出しただけで笑いたくなってしまう。退職して余暇たっぷりの毎日になっても、墨の香りなど我が家のどこにも漂うことはなかった。硯も筆もガラクタの中に埋もれて、どこにあるやら存在すら不明である。

百人一首の屏風など、とんでもない。それは実現しなくとも全く悔いはないが、指が思うように動いてくれなくなって、万年筆も使えなくなったのは寂しい。

私たちが子供の頃、女学校に進学すると、万年筆を持つのが大人に近づいた喜びの一つだった。我が家が空襲で何もかも失った後も、戦後わりと早い時期に、父親がどこから手に入れたのか姉と私に万年筆を買ってくれた記憶がある。

以来、私は長い歳月万年筆の愛好者だった。高度成長時代、多少ふところに余裕ができると奮発して書き心地のいいのを買ったり、記念品にいただいたり、何本かの万年筆を手元に置いて、太字細字を使い分けて楽しんだ。それらは大切に手入れして今も十分使える状態なのだが、私の今の指ではどうしようもない。もう長い間机の引き出しの中で眠ったままで、役目をすべてボールペンに譲ってしまっている。

それらの万年筆の隣りの箱には、もっと古い万年筆が数本、ペン先がきれいに洗われて仕舞われてある。中学校の学級担任をしていた若い頃、1年、2年、3年と持ち上がって、3年間に一度高校入試の書類を書く時には、縁起をかついで新しい万年筆を購入して合格の祈りを込めた。当時の安い給料の中から買った万年筆は、約40名の入試書類を書いただけでペン先がすり減ってしまい、どれも約一か月間働いてもらっただけで、その後は全く使っていない。けれども、今も目にするたびに、それぞれの万年筆が担当してくれた学級の思い出に浸らせてくれる黄金の万年筆である。

（2020・2）

㊝ 整理整頓（夫）

昔ATVのテレビ番組に「クイズ一〇〇人に聞きました」というのがあるが、いつか、たまたまそれを夫といっしょに見ていた時に、既婚者の男性を対象に「あなたは奥様に何を勉強してもらいたいと思いますか」と尋ねた問題があった。出た答えは、「料理」がたしか一位だったと記憶しているが、「あなただったら何を希望する?」と、その時私は夫に聞いてみた。即座に彼は言った。「整理整頓ですな」

そうおっしゃる当人だって、整理整頓の悪さは人後に落ちない。この点に関しては、彼は結婚相手を完全に間違えたわけで、身のまわりをきちんと片付けてくれる女性が彼には似合っていたのだと思う。それがどういうめぐりあわせか、私のようなのを女房にする羽目になってしまった。

幸い台所主任が整理整頓に抜群の才能があるので、どうにか人並みの住居の体裁を保っているのだが、でも、台所主任の管轄外である私の書斎、寝室の押し入れ、簞笥《たんす》の中といった所は、見るも無残な姿である。

ある日、居間の押し入れを開けたら、緑の地に「整理整頓」と白で書いたプラスティックのプレートが、すぐ目につく場所に貼られていた。

「何よ、これ!!」

私が大きな声を出したら、新聞を読んでいた夫が、新聞に顔を向けたままニヤッと笑った。

（1988・2）

今居間の押し入れの襖《ふすま》の陰に、夫が貼った「整理整頓」のプレートは、あれから30年以上、今もそのままである。そして、私の整理整頓の悪さも依然としてそのままと言いたいのだが、残念ながらますますひどくなった。

我が家は築後80年という親の代からの陋屋《ろうおく》で間数だけは多い。夫が死んでからは、どの部屋も勝手気ままに散らかし放題使ってきたのだが、特に私の書斎はひどかった。一応、2～3人の来客はそこで間に合うように応接セットらしきものもあるのだが、10年以上私以外の人が足を踏み入れたことがなかった。

2年ほど前、近所に住んで何かと私の力になってくれているY子さんが、たまたま私が書斎のドアを開けた時に肩越しに室内を目にして、「何であんなにしておくんですか。折角の部屋がもったいない」と、数日がかりで書棚の中に至るまで、すっかり片付けてくれた。

見違えるばかりにきれいになった書斎は、Y子さんに「迎賓館」と名付けてもらって来客用にも使えるようになった。古くからの友人には「何年ぶりにここに入ったかしら」、比較的新しい知人からは「こういう部屋もあったのね」と言われながら、「迎賓館」という名前には全く似つかわしくない薄汚れたソファに座ってもらっている。

もう30年以上洗ったことのないカーテンを洗濯機で洗ったら、〈布〉ではない〈糸のかたまり〉になったのには驚いた。今はカーテンなしのガラス戸のままで、お天気の日は午前中、お日様が部屋いっぱいに差し込んでいる。

（2020・2）

㋜ ソース顔の夫（妻）

昔「カタカナ名前のハイカラな料理はおれは嫌いだ」という夫は、朝食の卵はオムレツよりも目玉焼き、昼食の麺《めん》類はスパゲティよりも鍋焼きうどん、夕食の肉料理はハンバーグよりも鋤《すき》焼き、ティータイムはコーヒーよりも紅茶か緑茶と、すべて純日本語がごひいきである。

野菜も、セロリ、レタス、カリフラワー、ブロッコリー、ピーマンと、カタカナはすべておよびでないものばかり。姪《めい》が、「でも、伯父さんキャベツは食べるじゃない」と言うから、私は答えた。「あれはキャベツを食べてるのではなくて、玉菜を食べてるの」

そんな夫の唯一ソース顔らしい部分は、クラシック音楽が好きなことである。彼がなってみたいもの、それは、オーケストラの指揮者と江戸時代の奉行だという。オーケストラの指揮者というのはクラシックファンの彼の夢としてうなずけるのだが、奉行になりたいという理由がふるっている。

「これにて一件落着!!」と、スッと立ち上がった時の気分を味わってみたいのだそうである。

そうした馬鹿げた会話をしている私たち夫婦の身なりをふと見ると、彼はヨレヨレのトレパン姿だし、私はうす汚れた綿入れの半てんを着ている。これでは、夫にソース顔を望んでも無理だし、私のほうもまた望む資格がなさそうだ。それどころか、醤《しょう》油顔すらとてもとてもで、どう見ても二人とも味噌《みそ》顔といったところである。

若い時から味噌顔で暮らしてきた二人が、今さらソース顔ですましてみたところで様になるまい。やがて来る年金生活には、ソースを掛けたステーキなんぞ羨んだりせずに、味噌を付けたおにぎりを二人で仲よくほおばって暮らしていきたいと思う。

（1988・9）

今

74歳で死んだ夫の年齢を、もう10年以上過ぎてしまった私は、味噌顔にますます拍車をかけた。あの世で夫に会った時に、もしかしたら夫の顔がソース顔に見えるかもしれない。夫は多分、私の顔のしわにまず驚くことだろう。せめて額は横じわだけで、縦じわはこれ以上深くしないように心掛けたいと思う。

（2020・2）

なまけものの愛用品

――「た・ち・つ・て・と」――

Ⓣ タクシー

昔「ここ一番という時でなければ、男というものは出るものではない」というのが、我が夫の生活信条である。彼はその信条に従って、家庭のことは一切「よきにはからえ」と、女房の私に任せっきりである。結婚生活三十数年、その間のかれの出番はと言うと、親の葬式に喪主を務めたこと以外どう考えても思い浮かばない。

「ここ一番って、いったいどういう時なのよ。全然ないじゃない」と言うと、「それは、我が家が平和だからだ」だそうだ。

煩わしいことはみんなわたしに押しつけてと腹が立ったりすることもたまにはあるが、しかし、全部任せてもらえるというのは、都合のいい面も多い。特に、お金の使い方の下手な私にとって、家計に口を出さない夫というのは実にありがたい。

先日、ボーナスをもらった。来春停年を迎える夫にとっては、最後のボーナスである。

「今がわたしたちの人生で経済的にはいちばん豊かな時なのね」

そう言いながら、私は部屋の中を見回した。

我が人生最高の金持ち時代にしては、なんとわびしい住居であろうか。襖《ふすま》は赤茶け、おまけに、敷居が落ち込んだためにはずれやすくなって倒れた時の穴には、ありあわせの紙が、不細工に貼られたままになっている。置かれてあるテレビは、ずっと前から出入りの電気屋に、「こんなチラチラするテレビは目に悪いですよ。新しいのにしませんか」と勧められている代物だし、茶箪笥も安物である。娘が独立してからでも、もう十年もたつというのに、我が家の収入はいったいどこへいってしまったというのだろう。それは、多分、私が時間を買うために大部分浪費してしまったのだろうと思う。

仕事を持つ女性の多くは、ようやく仕事に慣れた頃結婚する。そして、仕事に関していちばん勉強しなければならない時期に育児に追われるというのが普通である。結婚している女性が本当のプロの職業人として仕事を続けていけるかどうかの境めは、この子育ての時期の生き方で決まるのではないだろうか。

私にどうやら一人前の職業人として認めてもらえる部分があるとすれば、それは、夫の

「よきにはからえ」に便乗して、若いころ、時間を買うためのお金を自由に使えたおかげだと思う。そのころの無駄使いの癖が、育児なんぞはとっくに関係なくなっても未だに続いているというわけである。

時間の買い方にはいろいろあるが、私にとってタクシーはその中の主要な項目の一つである。買った品物を夫に内緒にしたということはこれまで一度もないが、タクシー代の金額だけは、さすがの夫もショックを受けるのではないかと懸念して、ずっと秘密のままにしてきている。

（1989・1）

今 老人が知力や体力の衰えにめげずに生きられるのは、人的にも物的にも様々支えてもらっているからだ。そうした文明の利器の中でも、常に体に密着して働いてくれている眼鏡・補聴器・入歯は、首から上の老人の三種の神器だと思う。私は、このうちの二つ、眼鏡と入歯の恩恵を受けている。おかげで若い時と変わらずに、読書ができ、テレビが見られ、おいしいものが食べられる。

それでは頭とは反対側の、腰から下の三種の神器とは何だろう。私の場合は、靴・洋式トイレ・タクシーと答えたい。

最近の靴の進歩はすごい。足の不自由な私でも楽に履ける靴がどんどん増えて、値段も安くなっている。特に滑る雪道でも歩ける靴がいろいろあるというのは本当にありがたい。トイレも、洋式トイレが普通に設置されるようになった。

現役で働いていた頃のタクシーは、私にとって時間を提供してくれる大切な助っ人だったが、今では時間ばかりでなく、私の生活に明るさと豊かさをも提供してくれている。

バスの乗り降りのままならぬ私は、どこへ行くのもタクシーが頼りで、今やタクシーは私の足の一部分である。電話一本で入口から入口まで運んでもらえるのは本当にありがたい。基本料金内の利用も私の場合多いのだが、運転手さんがちっともいやな顔をしないで、親切に応待してくれるのに感謝している。

（２０２０・２）

ⓒ 小さなクリーナー

昔　私の机の上に、単3の小さな電池の入った赤い卓上クリーナーが載っている。消しゴムのカスが一面にちらばっている机の上を、これでサーッとひとなでするると、瞬時にしてきれいになる。これを使うようになってから、消しゴムを使った後、用紙をくずかごの上でパタパタやる必要がなくなって、まことに便利である。机の上ばかりでなく、時には机の周りの床に落ちているゴミをもスイッチをジーッと押して吸い上げる。それだけで部屋の掃除を1回省略できる。

卓上クリーナーで間に合わない時は、単1乾電池4個入れのハンドクリーナーに出動してもらう。これだと、掃除を3回分省略するくらいの力を発揮してくれる。長いコードの付いている本格的な掃除機よりも、はるかに使いいい。

「大は小を兼ねる」というが、あれは、昔の親がダブダブの洋服を子供に着せる時によく使った言葉であって、私のような怠けものには当てはまらない。鍋、漬物用の樽《たる》、風呂場の浴槽、等々、家事労働に関するもののほとんどは、小さいほうが手間が省けて、私には何かと都合がよい。

「大は小を兼ねる」という言葉がいちばんあてはまるのはトイレではないかと私は思うのだが、夫はそれに大反対で、我が家のトイレは腰掛け用のほかにアサガオもちゃんと付いていていて、トイレだけはやたらに広々としている。

（1989・1）

今　昔使っていたクリーナーの寿命が尽きたのは、いつだったのだろうか。新しいのを買いたいと思ったが、もう製造されていないということで取得不可能だった。しばらく不便を感じていたが、そのうちクリーナーのことは忘れてしまった。消しゴムをほとんど使わなくなったからである。
昔は、出版社から原稿を依頼されるときは、ページの字数に合わせた原稿用紙も一緒に送られてきた。指定された字数ぴったりに書き上げるには消しゴムの使える鉛筆書きが便利だった。おのずと机の上にはゴムかすが散らばった。

１９８０年代、ワープロが普及し、書き加えたり削除したり、文章の推敲や文字数の設定が容易になって、消しゴムの活動の場が激減した。

更に数年前、消すことのできるボールペンというのが登場して、我が家の鉛筆も数本、筆立てに立ったままほとんど使われていない。消しゴムも、同じ筆立ての底で眠ったままである。

（２０２０・２）

㋡ 継ぎの当たった防寒タイツ

昔 数年前、私の生徒で、作文の冒頭に「サトキン先生がバルキータイツを脱いだ。もうすっかり春である」と書いた女の子がいた。このごろの若い人は真冬でも薄着してもっぱら暖房だけに頼っている人が多いが、寒かったら着ればいい、暑かったら脱げばいい、というのが私の持論である。だから、みぞれが降るころになると、さっさと防寒タイツにはき替えて、４月半ばまで愛用している。

数足用意しておいてかわるがわるはくのだが、中には継ぎを当てて修理したのも混じっている。親指の爪の当たる箇所がいちばん穴になりやすいので、穴のあく前に修理しておくのだが、どうせ一日中靴を履いているのだから人目につくこともない。休日に家ではいているのにいたっては、向こうずねのあたりに修理したあとがあったりする。

私は、津軽弁で言う「テッツナシ」(何をやらせても無器用でうまくできない人のこと)の典型なのだが、一つぐらいは取り柄のあるもので、靴下の繕いだけは人並み以上にうまい。何をやっても姑の足元にもおよばなかった私が、これだけは姑よりも上手だった。

「きんさんが靴下継ぎのうまいのは、どうしたわけなんだろうねェ」と、姑は不思議がりながらいつも褒めてくれたものだった。

針仕事にほとんど縁のない私が、姑と向かい合っていっしょに針箱を開けるのは、靴下を繕う時ぐらいのものだった。防寒タイツぐらいわざわざ修理したりせずに新しい物を買ったっていいとは思うのだが、亡き姑を懐かしみながら、一年に一度はタイツを繕っている。

(1989・1)

今　継ぎの当たったタイツをはいていることは、昔も今も全く変わらない。爪先に穴のあいたタイツを捨てるのはもったいない。退職して暇になったら繕ってはこうと袋に突っ込んでおいたのが、数えてみたことはないが死ぬまで間に合うのは間違いなさそうだ。

収入がなくて買えなくなれば、修理する時間は有り余るほど生ずる。世の中は案外うまくできているということの一つなのだろう。

（２０２０・２）

㋢　テレホンカード

昔　私は重い荷物を持つのが極端に苦手である。泊りがけの出張の時に持つ荷物は、やや大型のハンドバッグのほかに、30センチ四方くらいの革製のバッグ一個だけときめている。

そうした私にとって、公衆電話のために持ち歩く硬貨の重さもばかにはできない。それが、テレホンカードの出現でハンドバッグがぐんと軽くなったのだからありがたい。

テレホンカードはまた、旅先からのお土産品としても便利である。安くて、軽くて、かさばらないときているのだから、怠けものにとってこんな重宝なものはない。

私の机の引き出しには、父や母のふるさとを訪ねてやってくる親戚や友人の子供たちへのお土産用として、ネブタやはと笛のテレホンカードも用意されている。


（１９８９・１）


今　50代の頃まで、あんなに重宝させてもらったテレホンカードが、今は私の手元に一枚もない。

携帯電話が普及して、テレホンカードが姿を消したのはいつごろだったろうか。私が初めて携帯を持ったのは１９９８年だったと思うのだが、現在私が持っているのはその時から3台めで、相も変わらずガラケーである。

間もなく私の愛用している型のガラケーは使用終了となるのだそうで、スマホに切り替えてくださいという案内が会社から送られてきた。

さて、私の寿命とどっちが先に終了するか。この競争は、私のほうが先にゴールインする確率が高そうだ。仮に私のほうが生き延びたとしても、その頃は外出も今の私とは違うのだから携帯はさほど必要ないはず。だいたい縮んでしまった脳力が、新しい機械や器具の使い方を覚えてくれるなんていうことは全くあり得ない。

先日、何年も前から使っている爪切りが使いにくく感じられるようになったので、娘に大きめのを買ってきてもらった。何とその使い心地のいいことか。何よりも切った爪が跳び散ったりせずに持ち手の部分に収まるようになっているのには驚いた。

数日後に会った姪に「今の爪切りってすごいね。新聞紙を広げたりする必要全然ないわよ」と言ったら、年齢50歳の彼女は言った。「私が物心ついたときに、もうそんな爪切りありましたよ」

便利な物のあることを知らずに50年間暮らしたとて、大して生活に影響するわけではない。死に際数年間の携帯電話なしの生活なんて恐るるに足らずである。（2020・2）

Ⓣ　豆腐

昔　豆腐くらい重宝な食べ物はほかにないと思う。

まず、忙しい朝の味噌汁を作るのに最も短時間でできるのが豆腐汁である。ワカメ汁も早いけれど、ワカメは切ったあとのまないたを洗わなければならないが、豆腐は手のひらの上に載せてチョンチョンですむ。

豆腐はまた、急な来客のありがたい助っ人でもある。夏は冷ややっこ、冬は湯豆腐を、最初にビールやお酒に添えて出しておけば、あとの肴《さかな》はゆっくりと料理（というほどのものでもないが）できる。

我が家は、親戚や娘の家族などが集まって、ワイワイ賑やかに食事をする機会がわりあい多いのだが、私はそんな時、食事のスタートとほとんど同時に支度を始めたりする。それができるのも、豆腐のおかげである場合が多い。

料理が簡単で、柔らかくて消化がよくて、おいしくて、栄養があって、値段が安くてと、何もかもいいことずくめのこんなありがたい食べ物に、「豆が腐る」なんていう字が使われているのは、なんとも腹立たしい。弘前市の小野寺という豆腐屋さんは、店名に「富」の字を当てているのは、なかなかいいアイデアだと思う。そのうち「豆富」が辞書に載らないかなと期待している。

（1989・1）

今　テレホンカードの短い命と違って、豆腐は昔も今も変わりなくいつでも店頭に並んでいる。安く、おいしく、しかも、歯にもお腹《なか》にも優しいので、昔以上に今の私にとってありがたい食品である。

大好きだった「豆富」の表記が消えてしまったのは寂しい。

（2020・2）

ほのかなぬくもり

――「な・に・ぬ・ね・の」――

㋤　なた豆

昔　福神漬はなぜみんなに好かれるのだろう。およそ似つかわしくないカレーライスの皿にまで、ずっとむかしからそこにいるような顔をして収まりかえっている。ほかに類似の食べ物はいっぱいあるのに、福神漬が断然幅をきかせているのはなぜだろう。それは、あのなた豆のせいではないかと私は思う。

福神漬は、大根、人参、きゅうりなど、私たちがよく知っている野菜が原料だが、そのほかに薄く輪切りにしてなた豆が入っている。醤油《しょう》に漬かっているので味はほかの野菜と同じになってしまっているが、あの形がなんとなく趣があって、福神漬全体を楽しくしてくれている。秋田名物なんとか漬の中に入っているチョロギ（小さなかわいいタニシのような形をしていてホライモとも言う）のように目立つ存在ではないのだけれど、なた豆あっての福神漬であることはたしかである。

最近カレーライスを食べる機会が多くて、しょっちゅう福神漬にお目にかかっていたら、人間の集団の中にもなた豆のような人がいることに気がついた。

決して目立ちたがらず、出しゃばらず、周囲の人と上手に調和していながら、どこかほかの人にない輝きをもって集団の格調を高めてくれている人である。そんななた豆のような人が私の身辺にも何人かいて、おかげで大根や人参にすぎない私もその恩恵を受けて、心豊かに過ごせる集団の中に座らせてもらったりしている。

（1989・2）

㊂ 虹

昔「虹」という文字が目に入った時にいつも私の脳裏に浮かぶのは、子供のころ住んでいた家の庭から眺めた虹の風景である。というのは、大人になってから、特に近年は、あまり虹を見ていないからである。
このごろはあまり虹が現れていないのだろうか。そんなことはないと思う。私の目に止まらないのは、多分見逃しているのだろう。あっ、雨が止んでお日様が出てきたわ、と表へ出て雨上がりのすがすがしさを味わうなんていう心のゆとりを、いつのまにか失ってしまったらしい。

虹はどんなふうにしてあの美しい色が浮かび始めるのだろう。私はその過程をまだ見たことがない。ふと気がついた時には、いつも、おとぎの国にあるような橋が大空に出来上がっていた。

地球上の橋は、どんな端麗な橋でも、完成するまでには必ず鉄骨や周囲に建てられた足場などの醜い格好を人目にさらさなければならないが、虹の橋だけは、常に幻想的な美しい姿で私たちの前に出現してくれる。

（１９８９・２）

㊮ 根付け

昔 根付けというのは、もともとはタバコ入れや印籠などを腰に下げる時に、帯などに紐をはさんでも落ちないように付けたのだそうだが、今はそんな実用性をぬきにして、いろいろなものにかわいらしくぶらさがっている。

いちばん一般的なのは、がまぐちの口金の端でひっそりと揺れ動いている根付けだろう。私が今使っているこぎんのがまぐちには、善光寺にお参りした時に門前の土産物屋で買ってきた托鉢僧《たくはっそう》の小さな彫り物がさげられている。和服用のハンドバッグの小銭入れには、きれいな赤い模様のちりめんをかぶせたしじみ貝が付いているし、その他、これも旅先で買った和同開珎《わどうかいちん》、鈴の付いた小判など、さまざまの小さな縁起物が、それぞれのバッグの中に小銭入れといっしょに納まっている。

現金の入っている財布は、私たちの携帯品の中で最も現実的な人間くさい物なのだろうが、それにこの小さい根付けのくっついていることで、買物に夢が加わるような気がする。私は、紙幣専用の四角の財布よりも根付けを楽しむことのできるがまぐちが好きで、ついついお札をたたんでがまぐちにしまう癖がいつまでも抜け切れないでいる。

（1989・2）

今　なにね共に30年前と今も全く変わりない。

我が家で若い人たちの会合がある時は、今もカレーライスはよく作るし、その都度福神漬も買うのだが、国産の野菜でなた豆の多く入っていそうなのを選ぶのが習慣になっている。残ったのは、翌日、翌々日と、私の食卓に何回も持ち出されるのだが、毎回なた豆を一つ二つは無意識のうちにつまんでいる。

年を取ると何によらず感動の程度が弱まるものだが、虹は何歳になっても、子供の時の「わたってみたい　にじのはし」のままであるのはなぜなのだろう。

根付けも、相変わらずいろんな小袋にぶら下がって、私を楽しませてくれている。

（２０２０・３）

㋦　ぬいぐるみ

昔　２歳３か月になる孫が我が家にやってくると、離れに片付けている物をまず遊び場に運び込むことから行動を開始する。その財産の中には、全部で８個にものぼる大小のぬいぐるみもあって、自分の体よりも大きいカメやクマをそっくり返って抱え込みながら運搬する格好は実にかわいい。それらのぬいぐるみはすべて義妹の娘からのお下がりなのだが、今はもう大学生になっている姪は、子供のころぬいぐるみなどにあまり関心がなくてほとんど使わなかったらしく、まだ新品同様である。

実は、我が家にはその8個のほかにもう一つ、これはもうかなり汚れてしまったぬいぐるみがあるのだが、私はそれは孫に与えずに、娘が結婚する前使っていた2階の部屋に大切にしまっておいてある。座っている高さが50センチほどもあるかわいい顔をした大きな茶色のクマのぬいぐるみである。

ずっと私たちといっしょに暮らしていた義妹が結婚する時に、当時小学生だった私の娘にプレゼントしていってくれたもので、娘はいつも自分の隣に置いて大切にしていた。今でもそのクマを見ると、その傍らで勉強したり、本を読んだり、ピアノを弾いたり、あるいはベッドでいっしょに寝ていたりしていた娘の子供の頃が懐かしく思い浮かんできて、思わずぬいぐるみを抱き上げてしまう。

振り返ってみて、私は子育ての過程で、我が子からいろんな楽しみをたくさん与えてもらうことができた。それだけで十分に子としての務めを果たしてくれたと思っているし、それ以上のことを望むのは欲張りすぎるということも十分承知しているのだが、それでも結婚して家を出ていった一人娘への思いは断ち難い。

ぬいぐるみの感触は柔らかくて温かい。そのうえに数々の思い出も加わって、ぬくもりはいっそう優しく感じられるのである。

（1989・2）

今　(な)(に)(ね)に比べて(ぬ)の変わりようはすごい。〈昔〉の欄でかわいい2歳3か月だった孫の啓《あきら》は32歳になった。いつ結婚してくれるのだろうと親をやきもきさせながら埼玉県で働いている。年に2度、帰省するたびに我が家にも顔を出してくれるのだが、「顔を出す」という言葉が、啓の来訪以上にぴったり当てはまる使い方はないのではないか。

今年の正月も、私が玄関に出迎える前に、さっさと座敷に入って仏壇に持ってきたお菓子を供え、じいさんに随分と長い間手を合わせていたと思ったら、その後居間に座りもせず、もちろんお茶も飲まずに、私の「いつ帰るの？」という問いに「あしたの朝」「おばあちゃん元気でね」と、たった二言しゃべっただけで帰って行った。死んだじいさんへの挨拶よりも、生きているばあさんへの挨拶の時間が短いというのはなんたることか。

だいたい私の孫たち2人は、じいさん大好きで、ばあさんは眼中にない。

実は昨年暮れ、下の孫の悠子に男の子が生まれて、私は曾祖母《ひいばあさん》になった。6週間ほどたった頃、電話での話の中で、おばあちゃんの家に赤ん坊を連れて近いうちに行くよと言うから、こっちから出掛けていくから、来るのはもっと暖かくなってからにしてよと言ったら、おじいちゃんに見せたいのだという。

その悠子が4、5歳の頃、じいさんとこんな会話をしていたことがあった。

「おじいちゃん、どらえもんのポケットから何出してもらいたい？」

「悠子は何欲しいの？」

「悠子未来探知機がいいな。大きくなって誰と結婚してるか見てみたい」

いい人と結婚してればいいけど、どうしようもない人と一緒になっていたんでは、今から後の人生、夢も希望もないじゃないのと、その夜、夫と私は大笑いしたことだった。

今の悠子を見ていると、幼い時未来探知機をのぞいていても、その後もずっと幸せを抱いて生きてこられたということになる。子供に恵まれて幸せいっぱいの生活を、悠子は早く仏壇のじいさんに見せたかったのだろう。

娘もまた、初孫を抱いて話しかけている様子は、その笑顔といい、声の優しさといい、私がかつて見たことのない娘の姿である。

娘や孫を見ていると、30年の歳月の変化は大きい。変わらないのは娘が残していったクマのぬいぐるみだけで、2階から私の書斎へと居場所は移ったが、昔と同じ姿で今も座り続けている。


（2020・3）

昔の残り御飯

暮れに米屋さんと酒屋さんから、電子レンジに使えるという透明な蓋のついた容器を一個ずつもらった。私は、この大小二つの容器を残り御飯を温め直すのに大変重宝させてもらっている。

電子レンジの効能を私はあまり高く評価していないのだが、冷や御飯を温めるのにはこれくらい便利なものはない。瞬時にしておいしい炊きたての味にもどしてくれる。むかしは蒸器で蒸したものだったが、炊きたての御飯に比べて味がぐんと落ちてしまっていた。

大抵の家庭では、その味の落ちた蒸し御飯を食べるのは女たちで、主人や息子たちには炊きたてを食べさせた。私の生家も例外ではなくて、娘の私は蒸し御飯を割り当てられることが多かった。

結婚して初めて夫の家族といっしょの夕食の時に、私はこれまでのしきたり通り蒸器の御飯を自分の茶碗に盛った。そうしたら、姑が、

「きんさん、あなたその御飯を一人で食べると炊きたてのを食べられなくなるから、みんなで少しずつ食べましょう。みんなに分けると1人ひと口かふた口でなくなるのだから」

と、私の茶碗の御飯を家族全員に少しずつ分けながら、

「うちではいつもこういうふうにしているのよ」
と、何気ない調子でさらりと言った。

それは、若くして未亡人となり、女手一つで5人の子供を育て上げた姑の重みから出た習慣だったのだろうが、この一言で、私は、これから婚家で暮らしていくことの不安がすうっと消えていくような気がした。

私は、自分が仕事をしていくうえで、家事の重圧に悩まされることのないようにいろいろ手を尽くしてきたが、長い間支障なく楽しみながら働き続けてこられた最も大きな理由は、夫が、息子にもお手伝いさんにも同じように残り御飯を分けて食べさせる母親のもとで育ったことだと思う。

食事の後の釜の中に残った御飯は、戦中戦後の食糧難時代を経験している私たちの世代に、何となくゆとりを感じさせて安らぎを与えてくれるのだが、さらに、私には、亡き姑のぬくもりをも偲《しの》ばせてくれるのである。

（1989・2）

今　昔の我が家の年越しの夜はにぎやかだった。夫の弟たちがいた頃は、並べられた年越し料理が、あっという間に平らげられて見事だった。彼らが独立して家を離れ、姑が亡くなった後も、結婚した義妹の家族が加わったり、娘夫婦に孫が増えたりで更に人数が増した。普段は台所を人任せにしている私も、年越しだけは、姑から受け継いだ味をみんなにごちそうするのに張り切った。

ところが、夫も義妹夫婦も鬼籍に入り、私の体力の衰えもあって、我が家の年越し行事は自然消滅し、一昨年からは、義妹の娘と我が家の家事を切り盛りしてくれているKさんとの3人だけになってしまった。ごちそうも手間暇かけず、3人共通の好物に思い切って財布のひもを緩めるという程度なのだが、昔からのなますだけは作り続けている。

津軽の年越しの郷土料理に「煮なます」がある。材料は、せん切りにした大根と少量のにんじん、加熱した真鱈《まだら》の子、鮭《さけ》の頭・中骨(焼いて身をほぐして使う。軟骨の部分の氷頭《ひず》は量が少ないだけに貴重)。調味料は、酢、塩、酒、隠し味程度の砂糖。大根とにんじんにさっと火を通すのが特徴である。

私は結婚するまで、この「煮なます」を食べ慣れてきたのだが、姑の作るのは「生なます」だった。材料も切り方も煮なますとほとんど同じなのだが、鱈の子は使わず、仕上がりの最後に混ぜるのはイクラである。砂糖の分量もかなり多くて甘酸っぱい。私はじきにこの味に慣れて、姑が亡くなってからも煮なますを作ることはなかった。

実家の義姉は、煮なますとは我が家に嫁いで初めて出会ったのだろうと思う。いつか実家へ行ったときに、義姉の作った煮なますを「おいしい。久しぶりに食べた」と喜んだら、その後、鱈の季節に私が訪ねると「うちではみんなが好きなので時々作るのよ」とよくごちそうしてくれた。それは母の味と全く同じだった。なますに限らず、義姉の作る津軽料理は、母の味そっくりで驚くのだが、その義姉も亡くなって、懐かしい味はすっかり遠のいてしまった。

私は、実母とも姑とも、それぞれ23年ずつ同じ年数を一緒に生活した。さほど姑の意に沿って生きようと努力したわけではないが、実母との暮らしよりも、成人して吸収力の旺盛な時期を共に過ごした姑との日々の出来事のほうが、80代後半の今の生活にも自然に溶け込んでいるように思う。

実母との思い出がクレヨン画だとすれば、姑との思い出はクレパス画とでも言うべきだろうか。


これは今年正月「陸奥新報新春随想」の欄に書かせてもらったものである。姑の思い出のクレパス画の中でも、「残り御飯」のときの事は、年々色彩が鮮やかになっていくようで、私にとって特に大切な思い出の一枚である。

私は決して素直な従順派ではなくて〝我が道を行く〟ほうなのだが、家事に関しては姑に一切逆らわずに暮らしてストレスを感じなかったのは、「残り御飯」の件で同居生活がスタートしたことにあったのかもしれない。

（2020・3）

それでも今の時代に感謝 (3)

私が女学校に入学したのは終戦間際の4月、女学校4年で卒業するはずだったのが、学制改革で3年後いったん中学校3年を卒業して、そのまま高校に進み、同じ校舎で6年間学ぶことになったのだが、中学校の段階で終わった人も50人ほどいた。

その中のKさん、Iさんの2人と、私は親しく交流してきたのだが、2人が高校に進学しなかったのは、お父さんが戦死してお金に困っていたからだという。Kさんは看護師の道を歩んで公立病院の看護婦長で定年を迎え、Iさんは勤務した会社でよき伴侶と出会い、歌人としても大成した。

中学校で卒業した人の中には、戦争の被害を受けて、かつての同級生とは会いたくもないほど苦難の道を歩いた人もいたのではないだろうか。今回のコロナウイルス問題でアルバイトを失った学生に奨学金が支給されるというニュースを見て、あの頃、奨学金があったらと、その後会う機会のなかったかつての友人たちに思いを馳せた。

—— 新型コロナウイルスから逃れて閉じこもり中の老人のつぶやき

長いもの
──「は・ひ・ふ・へ・ほ」──

ⓗ 袴のひも

昔 今年もまた卒業式が近づいて、袴《はかま》を箪笥《たんす》から取り出す季節になった。

この袴を私が最初にはいたのは、大学を卒業する時だった。仕立て屋さんがきれいに結んでよこしたひもをほどいてみたら、やたらに長くて驚いた。でも、実際にはいてみて、前に付いているひもを後ろの帯の上で交差し、前にもってきてちょっと低めにX字型にきりっと交差して、後ろの帯の下で結んだらちょうどよい長さだった。後ろに付いているひもは、そのまま前にもってきて、左寄りに格好よく結んで長く垂れ下げた。

むやみに長いと思ったひもも、重い袴を支えるのには必要な長さだったのだ。それはまた、新しい人生をスタートする心を引き締めるのにもふさわしい長さだった。

以来、私は、毎年卒業式には、つとめてこの袴をはいて教え子たちを送り出すことにしている。自分の力量のなさを悲しみながらも、一生懸命子供たちに説いてきたことが、袴のひものように、いつかは肩にのしかかる人生の重荷を支える手助けになってくれることもあるだろうかと思ったりするこのごろである。

（1989・4）

今　大学を卒業する時に新調した袴は、教職に就いて職場が大学に移るまで、小・中学校では毎年卒業式に着用した。そのほか、昔は知り合いの女子大生たちが卒業の時期になるとあちこちから借りにくる人がいて、戦後まだ生地の不足な時代に紺サージの洋服地で作った袴は、随分と活躍した。平成に入ってからは、裾に模様が付いたり、色も臙脂《えんじ》・緑など様々の華やかなレンタルの袴が普及して、私の袴をはいてくれる学生はいなくなってしまった。

そんな中で平成8年3月弘大教育学部大学院第1期生のC子さんが「わたし、先生の袴で卒業したい」と、古めかしい紺サージの袴をはいてくれたのである。それが私の袴の仕事納めとなった。

卒業式が終わって1週間後、「明日北海道へ帰ります」と、研究室に袴を持ってきたC子さんの帰って行く後ろ姿を4階の研究室の窓から見えなくなるまで見送って、無性に寂しかったことを今も忘れない。

　大学院が設置されたばかりの頃、院生の研究室もまだ不備で、彼女ともう一人の国語科教育専攻生N子さんの二人は、私の研究室で過ごす時間が多かった。今振り返ってみて、この二人は、私の長い教職生活の中で、最も濃密な間柄を構築してくれた人たちだった。

　教師と教え子というのは、学校を離れると自然に疎遠になってしまうものだし、そしてまた、前途ある若い人をいつまでも手元に引き止めておくべきでもない。私とは親子以上に年齢差のある二人が北海道、岩手県と、それぞれの故郷へ帰って、私は、もう生きている間に彼女たちに会うことはないだろうと思った。

　それが意外と早く再会の時が訪れたのである。

　卒業2年後、N子さんが海外派遣協力隊員としてアルゼンチンへ行くことになった。その前にぜひ会いたいとC子さんに連絡したところ、どこで会おうか、きん先生の所に泊めてもらおうということになったのだという。

　これが最初で、その後、死ぬまで会えないなんてとんでもない。私は何回か会う機会を楽しませてもらった。

2回めは、3年間のアルゼンチンの仕事を終えたN子さんが、定職に就く前に日本情緒を味わう旅行をしたいと、私を誘ってくれた時だった。当時C子さんは結婚して一時仕事を辞め、育児に専念していて、C子さんと会うことも旅行の大きな目的だったのである。

C子さんはその後2児のママとなり、小学校教諭に復帰した。夏休みには幼い二人にそれぞれかわいいリュックを背負わせて遊びに来てくれたが、それに合わせてN子さんも必ず来てくれて、私にとって、楽しい夏の行事の年がしばらく続いた。

C子さんの子供が学校での部活が忙しくなったり、N子さんもカウンセリングの資格を取って八戸市で多忙な勤めの毎日だったりで、ここしばらくは会っていなかったのが、昨年夏、また我が家に集合した。N子さんが弘前市での研修会に出席するのに、C子さんが合わせてくれたのだという。弘前だったら僕も行きたいと付いてきた息子のT君は、もう高専生だそうで、身長はC子さんよりはるかに高く、立派な青年に成長していた。

彼女たちが卒業して25年、今なおこうして尋ねてきてもらえる幸せに、私はどっぷりと漬かって夜通し語り合った。

考えてみれば、何もかも不備のままスタートした大学院の創設期だったからこそ、師弟共に手探りの状態で互いに結び付きも堅かったのではないかと思う。彼女たちの後に学部を卒業していったゼミ生たちが、卒業以来毎年我が家で新年の集いをしているのも、狭い私の研究室で卒業研究の調べ物をしたり、討論したり、不自由な中で勉強し合ったからなのだろう。現在のように恵まれた環境だったら、こんな強い絆は生まれなかったろう。

思えば、環境に恵まれなかったがために学生との絆に恵まれた、紺サージの袴の時代に生きた教師の幸せな人生の一齣《ひとこま》である。

（２０２０・４）

㋪ 昼寝に現れる夢

昔 中国の故事に「黄梁《こうりょう》一炊の夢」というのがある。唐の盧生《ろせい》という若者が、旅先の邯鄲《かんたん》という所で道士呂《りょ》翁に会い、その懐中から出した不思議な枕を借りて眠ったら、富貴をきわめて一生を終わるまでの夢を見た。覚めてみると、宿の主人が眠る前から炊いていた黄粱がまだ煮えていなかったという話である。人世の栄枯盛衰のはかないたとえに今も使われている。

別に邯鄲の枕でなくとも、こたつなんかでうとうとしていると、ちょっとの間に随分と長い夢を見ることがある。入学試験にどの科目もどの科目も全く分からなくて白紙のままに終わってしまったという半日以上にわたる出来事や、何時間もかけてテーブルいっぱいにご馳走を作ったことなどが、ほんの10分か15分のうたたねの中に出現したりする。

私のこれまでの夢の中に最も多く登場した怖い夢は、戦時中の空襲の夢である。焼夷弾《しょういだん》の落ちてくる中を川に沿って水をかぶりながら逃げたのは、私が12歳の時だったが、その時の恐怖は、30代の頃までもしばしば夢の中で私をおびやかした。

その後、空襲の夢は次第に遠のいて、怖い夢といっても、せいぜい暗闇を歩く程度のものになった。「平和」というのは、夢の世界にまで幸せをもたらしてくれるものなのだろう。

（1989・4）

今

昨年秋のことだった。

午前中から外出して帰宅したのが夕方4時半頃。送ってくれた男性に玄関まで運んでもらった手荷物を廊下においたまま、いつものようにまず一休みと、居間の椅子にべったりと座り込んだ。そして、いつの間にか眠ってしまっていた。

この椅子は、呂翁の枕のように富貴をきわめた一生の夢を見させてくれるほどではないが、座ったまま心地よく眠らせてくれるという、私にとっては呂翁の枕のようなものである。全くの休息用の椅子で、食事や仕事用には不向き、もっぱらテレビ・読書タイム用である。腰の収まり具合もよければ、足を乗せる台を引き出す装置もあり、背もたれの傾斜もいろいろに加減できる。最高にリラックスできるようにセットして深夜テレビを見ていたりすると、すっかり寝込んで、気がついたら夜が明けていたということも珍しくない。

我が家のあちこちにある椅子にくらべて、これだけは格段に値段が高かったのだが、なんで周囲に不似合いなそんな椅子があるかというと、理由がある。

夫が生前愛用していたテレビ観覧用の椅子はマッサージ機だったのだが、病気が進行すると背中の器具がじゃまになって痛いというので、購入したのがこの椅子だった。広い家具店のフロアいっぱいに展示してある全部の椅子に、私が何回も座り比べてみて決めたのが、この椅子だった。店内の椅子の中で一番高価だったが、望み通りのが見つかって、お金は全然気にならなかった。夫が「いいのを選んできたじゃないか。座り心地満点」と喜んで、値段のことに全く触れなかったのもうれしかった。

その椅子に、夫はふた月ほど座っただけで最期を迎えるのに入院し、再び座ることはなかった。

話が横道にそれたが、昨年秋にもどす。

目が覚めたら外が明るい。あっ、また朝までここで眠ってしまったと、取りあえず冷たいお茶でも飲むつもりで台所へ行ったら、テーブルの上に留守中届いたクール宅配便が載っていた。折角の冷蔵食品を一晩常温の中に置いてしまって残念と思ったが、開けてみたら十分冷たい。ほっとして冷蔵庫に入れる。

そして、廊下に置いた手荷物を片付けたり、もそもそ動いていたら、だんだん周囲が暗くなってきた。えっ?これはどうしたことだとテレビをつけたら、なんと時刻は午後6時を過ぎたばかり。私は1時間ほど居眠りしただけだったのである。

私は夫の遺してくれたこの椅子で、ついぞ夢らしいものを見たことがない。私の専用になってもう18年にもなるのに、夫は一度も椅子での夢に現れたことがない。「ちゃんとベッドに入って寝ろよ」と私を起こしてくれないのは、自分が好きだった椅子を私が愛用しているのを、きっと喜んでくれているのだろうと、私は勝手に思っている。

(2020・4)

ⓕ 夫婦の道のり

昔 友人の工藤圭子さんが何年か前に言ったことがあった。

「今の時代は、運が悪ければあと40年も生きなければならないのよ」

その後、私も圭子さんも、それぞれ一人娘を嫁がせて、その言葉通りお互い長寿を喜んでばかりはおられない身になった。どちらも、老夫婦が支えあいながら自分たちだけで生きていかなければならない境遇になったわけである。ただ幸せなことに、どちらも似たもの夫婦のカップルで、支えあうのには格好の組み合わせであった。

平均寿命がぐんぐん延びて、夫婦が共に歩む道のりがずいぶん長くなった。結婚する時に、風貌や社会的地位などにばかり目がくらんでいたのでは、それらを失った後の老後の長い人生がつらいものになってしまうだろう。

圭子さんも私も、一人娘をすんなり嫁に出す気になったのは、われ鍋にとじ蓋同士、老夫婦が二人三脚を楽しんでいける自信があったからではないかと思っている。

（1989・4）

今　工藤圭子さんが亡くなったのは2013年、ご夫君はその翌年、奥様の後を追うように亡くなった。

本当に仲のよいご夫婦だったから、あの世でも相変わらず楽しい会話を交わしながら過ごされていることだろう。〈運悪く〉長生きせずにすんでよかったと、二人で話し合っているかもしれない。

一方、私は、夫の死後18年も〈運悪く〉生き続けた。今秋満88歳を迎える。

（2020・4）

㋬ 下手なスピーチ

昔 私のスピーチの評価順位。

一 よし　　短くて上手な話。

二 よろし　短くて下手な話。

三 わろし　長くて上手な話。

四 あし　　長くて下手な話。

1番めの「短くて上手な話」は、常人にはむずかしいだろうから、人前で話す機会の多い人は、2番めの「短くて下手な話」を目指すことを勧めたい。自分では「長くて上手な話」をしているつもりでも、実際は4番めの「長くて下手な話」をしていることが多いのだから。

（1989・4）

今 私は全くの理系オンチ（文系もオンチに近いが）なのだが、幸い夫が理科の教師だったので、幼稚な事も気安く訊《き》けて便利だった。

一方、私が夫に教えてやれることはほとんどなかったのだが、このスピーチの評価は気に入ってくれて、スピーチの出番のあった会合から帰ってくると、「2番めでやってきたよ」と報告するのが常だった。そのたびに「それでいい。それでいい。拍手！」というのが、私の決まった答えだった。

夫の退職後、かつて勤務した学校から、催し物の招待状がよく来た。それに対する私の評価順位。

一　よし　　ご祝儀を出して行かないこと
二　よろし　ご祝儀を出さずに行かないこと
三　わろし　ご祝儀を持って行くこと
四　あし　　ご祝儀を出さずに行くこと

これも、夫は私のに従っていたようである。

私は、長い間勤めた中学校の合唱コンクールには、毎年のこのこ出掛けているのだが（幸い私のほかに退職後も未練を捨て切れない女性がもう2人いる）、これには言行不一致だと夫は毎回クレームをつけた。

その時の私の言い分。

「あなたは校長だったから駄目なの。私は足軽だからいいんです」　（2020・4）

㊭　ほおずきの音の出るまで

昔　今の子供たちもそうであろうか。私たちの子供の頃、女の子は秋になるとほおずきでよく遊んだ。あのまん丸いほおずきの実を時々口に含んで温めながら、指先で少しずつもんで柔らかくしていった。ゆっくり時間をかけて十分柔らかくなったところで中の実や種をほじくり出すのである。水できれいに洗って空気でふくらましたほおずきの穴の部分を下唇で押さえて前歯で噛《か》むと、「プッ」とかわいい音が出る。口の中でころがしながら、空気を入れては噛んで「プッ」「プッ」と音を出して楽しんだものだった。

ほおずきの中を空洞にするのは案外面倒で、途中で破けてしまうことも多かった。中の実や種を取り出す前に柔らかくすればするほど成功の確率が高くなるので、子供たちは、大きいのを手に入れた時などは何時間もかけて大事に大事にもみこんだ。

そんなに苦心して長い時間をかけて作った製品も、使える寿命はごくわずかで、じきに破けてしまうし、ましてや、口から出したのをうっかりその辺に置こうものなら、すぐ乾燥して使えなくなってしまった。

これまでの私の人生を振り返ってみると、一生懸命苦労して頑張ったのに、行き着いてみたらたいしたことなかったなということが随分あった。でも、ほおずきの中味を取り出す過程が楽しみだったのと同じように、私の人生も、無駄のように思える部分の中に、糧となってくれたものがたくさんあったような気がする。

（１９８９・４）

今

昔のことをいろいろ思い出してみると、若い頃せっせと実や種をほじくり出して人生を楽しんできた私は、今も私の口の中で「プッ」「プッ」と幸せの音を出し続けてくれているように思う。

この音が聞こえているうちに、人生を全うしたいと願う昨今である。（２０２０・４）

手の届かぬもの

——「ま・み・む・め・も」——

㊮ 万華鏡の〝はな〟

昔「万華鏡《まんげきょう》」という名称は、誰が付けたのだろうか。今の世の人がどんなに考えても、これ以上にぴったりした名前は思いつかないだろう。片目をつけてのぞきこみながら、ほんの少し回転しただけで、向こう側のきれいな模様がパッと新たな姿に変わって出現してくる。こちらの手の動きに従って、崩れては生まれ崩れては生まれと、次々と華やかな形を見せてくれるのだが、二度と再び同じ模様を繰り返すことはない。文字通り〝万華〟である。

幼い頃、初めて万華鏡をのぞいた時の感激は忘れられない。どこにあんなきれいな花がいっぱい入っているのか不思議でたまらなかった。そして、ついに壊してみた時の悲しさ。きれいな花はどこにもなくて、色紙の切りくずが無残に畳の上にこぼれただけだった。

桜まつりの初日の夜、弘前公園に出掛けた。花はちょうど満開で風もなく、夜空に薄く浮かんでいる雲の中を、立ち待ち月(十七夜の月)が隠れたり出たりして夜桜の美しさに一段と風情を添えていた。

春のおぼろ月、澄みきった秋の月、太陽の沈むころ西の空に浮かんでいる三日月、東から上り出る満月等々、日々少しずつ姿を変えてはるか天空に輝く月は、私にとって万華鏡の〃はな〃のようなものである。月世界への旅行などという話を聞くと、壊した万華鏡から色紙が出てきた時のことが思い出されて何となく寂しい。（1989・5）

今 普段使わない物を雑多に詰め込んである2階の箪笥の片隅に、いつ、どこで手に入れたか忘れてしまった小さな万華鏡が置かれてある。めったに開けることのない箪笥なのだが、開けた時は、この万華鏡がいつの間にか手に握られている。老人には、子供の時以上にうれしいおもちゃだと、この頃思うようになった。

楽しむのに何のめんどうな操作も不要。筒状の軽い物体をただのぞくだけ。それだけで、目の前にきれいな世界が次々に変わりながら繰り広げられる。

腰が痛い、入れ歯が合わなくなった、年金が入るまでまだ10日もある、といった老人のくだらぬ悩み事など、万華鏡をのぞいている間は、すっぽりと忘れていられる。だからといって、長時間のめり込んでしまうというものでもない。

とかくネガティブな方向を向きがちな老人の心を、時にはこちらに向いてと明かりを点滅してポジティブに転換してくれるのが万華鏡ではないかと思う。

足を故障して、たまにしか行けなくなった2階に今も万華鏡を置いたままだが、いつでも手に取れる所に置いて頻繁にのぞくよりも、間をおいたほうが楽しめるようで、当分このまま2階の古い箪笥の中に居てもらおうと思っている。


（2020・4）

ⓜ ミンクのコート

昔 あるミンク屋さんから聞いた話。
「わたしがミンクを飼い始めたころは、浜へ行くと地引き網にかかった魚の中で売り物にならないのを安く売ってくれましたので、餌代は本当に安くてすみました。家族が食べる魚もその中で間に合ったものです。だんだんそれができなくなって、カンカイを買って食べさせるようになりました。ところが、そのカンカイもすっかり出世しておつまみになるようになり値段が高くなってしまいましたので、次は冷凍した鯨を鋸《のこ》引きする時に落ちる屑《くず》を買ってきました。そうしましたら、今度は、それが学校給食のコロッケなんかに使われるようになりました」

そこまで聞いた時に用事ができて中座したので、その後のことは聞きのがした。

そのミンク屋さんは、最初北郡の人里離れた所にミンク小屋を作ったのだそうだが、次第に住宅が近くに建つようになり、臭いのハエが出るのという付近の人たちの抗議に押されて八甲田山に引っ越したのだという。

何しろ山の中なので、冬は大変だそうだ。一晩のうちに膨大な雪が降るので、小屋をつぶさないためにほとんど毎日雪片付けに追われて暮らすという。年に何回かは、小屋に行き着くのさえ大変なほどの大雪の日があるそうだが、なんとしても行って餌を与えないことには、ミンクは腹を空かせるとすぐ共食いを始めてしまう。殺しあうところまでいかなくとも、争って爪で引っかいた跡が残ったりすれば、商品としての価値がなくなってしまうのだそうだ。

そういう話を聞くと、ミンクが高いのも当然だとうなずける。そして、そうした苦しい経歴を背負ったミンクのコートは、選ばれた極少数の人にだけ似合うのも当然だなと思う。

友人たちとのおしゃべりの中でミンクが話題になった時には、「わたしもミンクの――」としばらく間をおいてから「ブローチあるの」と言うことにしている。（1989・5）

今　ミンクはブローチだけというのは、今も変わりない。

振り返ってみると、50代前半は、私の人生で最も経済的に豊かな時期だった。世は挙げてバブルに浮かれていて、我が家もまた、一人娘が社会人となって既に家を出ていて、夫と私の給料は、すべて夫婦二人の生活に使用できた。なのに、二人とも格別欲しい物はなくて、金目の物は何一つ残っていない。

ただこの50代の頃私が購入したもので、かなりの量になっているのは、家のあちこちに積まれている本である。これらの本は今も、一人暮らしの私が望む時にいつでも相手をしてくれている貴重な友人である。

本は、私が子供だった頃は、欲しいのだが「手の届かぬもの」だった。小さな田舎町に住んでいた小学校低学年の頃、我が家の子供部屋に本箱があって、半分に満たぬスペースに童話の本などが並べられていた。毎月2冊ぐらいずつ買ってもらう本で少しずつ空間が埋まっていくのを楽しみながら、この棚いっぱいに本があったらどんなにいいだろうと思っていた。

かつて描いた子供時代の本の夢が、何倍にもなって実現した50代だったが、それが今もなお存続しているのは何と幸せなことか。今も時には書店や図書館へ出掛けたりしているが、それが不可能になっても、私の蔵書だけで十分に間に合うはずである。

とは言っても、難しい本は私の脳力が対応できなくなって、このごろは子供の本を手にする機会が増えた。先日、8歳年下の友人が『へいわって　どんなこと?』(浜田桂子)という絵本をプレゼントしてくれた。最初の見開きの2〜3ページが〈せんそうを　しない〉。次のP4〜5が〈ばくだんなんか　おとさない〉——中略——P10〜11〈おなかが　すいたら　だれでも　ごはんが　たべられる〉と続いて、最後は、P34〜35〈へいわって　ぼくが　うまれて　よかったって　いうこと〉P36〈きみが　うまれて　よかったって　いうこと　そしてね、きみと　ぼくは　ともだちに　なれるって　いうこと〉という言葉と、明るい男の子の顔と女の子の立ち姿の絵で終わっている。

これらは、すべて老人にも当てはまる。

「平和」を「手の届かぬもの」としてあきらめてはならない。「つかみ取って手放してはならぬもの」——それが「平和」である。

（2020・4）

㋰　昔話に出てくる動物たち

昔　日本の昔話にはよく動物が出てくるが、登場人物たちの運命は、その動物たちによって決められていることが多いように思う。

桃太郎が鬼を退治できたのは、犬、猿、雉《きじ》のおかげだし、「舌切り雀《すずめ》」は雀が、「浦島太郎」は亀が、「花咲かじじい」は犬が、それぞれの物語の登場人物の運命を決定づけている。

こうした動物たちは、私たちの周囲にも目に見えない姿で存在していると考えることができるかと思う。そしてまた、そう考えることで心の安穏を得ることもできるのではないかと思う。

なぜなら、人生が自分の才能や努力だけではどうにもならない別の力で左右される部分のあることを自覚することによって、順風満帆の時も傲慢《ごうまん》にならずにすむし、逆境にある時もやたらに劣等感にさいなまれずにすむからである。

（1989・5）

今

「運も努力のうち」ということわざがあるが、私は全然信じない。

私が物心ついて最初の運命の岐路は、小学校1年生の時に脊髄《せきずい》性小児麻痺《まひ》に罹《かか》ったことだった。手足の動かない寝たきりの日が続いたが、幸い徐々に快復して、後遺症は両足が膝《ひざ》の高さから上に上がらないことと、運動神経が極端に駄目になったことだけですんだ。

発病したのが夏休みに入ってすぐで、学校も2学期はかなり休んだのだが、1学期のうちにたくさんの友達ができていて、みんなと一緒に走り回ったりはできない私は、ゴム跳びの時はゴムひもを持つ役だったり、かくれんぼの時は隠れ場所を近い所にしてもらったり、長い間休んだ後でも仲間はずれにされることは全くなかった。

難病に罹った悪運と後遺症が軽かった良運とが一度に来たようなものだったのだろうが、私は病気を悲しむこともなく、両親が買ったり借り集めたりしてくれた本を読んで楽しんでいた。悪運にしても良運にしても、6歳の子供の努力とは無関係の出来事である。

次の岐路は、これはもう絶対に忘れられない生死の別れ道に遭遇した時である。

太平洋戦争末期の1945年7月28日夜、アメリカ軍のB29爆撃機70機が青森市に飛来し、約2時間、6000m上空から5万発の油脂焼夷弾《しょういだん》を投下した。私たち家族は、近所の人たちと一緒に、空を見上げて落ちてくる火の玉を避けながら、堤川の川岸を山手の郊外の方へと逃げた。3歳年上の姉と私は並んで走ったのだが、空中で炸裂《さくれつ》した中の一本が私たちのすぐ右側に落ちて、姉は右足の太ももから足首まで一面火傷《やけど》を負った。姉の左側にいた私は無傷だった。

これもまた、努力とは全く無関係な空襲という悪運の中の良運と言うべきか。

功成り名を遂げた人たちが、母校の後輩たちへの講演などで、夢を持て、その夢に向かって一生懸命に努力すれば必ず報いられるというようなことをよく言うが、私はそううまくいくものではないと思う。成功した人は才能もあったからこそ夢を実現できたのであり、努力できるということもまた才能の一つであって、誰でもが辛《つら》い努力に耐えられるわけではない。

人生というのは、自分の力ではどうにもならない運命に左右される部分が必ずあるという私の考えは、昔も今も全く変わらない。私が長い人生、運命に逆らうことなく常に与えられた道を歩いて生きてきたのは、子供の時の病気と空襲という出来事が、知らず知らずのうちに私の生き方を決めてくれていたのかもしれない。

（2020・4）

㋱　免許証

昔　先日友人と久しぶりにあったら、

「去年、車の免許取ったの」

と、車のキーを手でクルクルもてあそびながら事もなげに言った。

「えっ、あなたが！」

私は思わず驚きの声を発してしまったが、その時の友人の姿は、ひとまわりもふたまわりも大きく見えた。

この人がよくもまあと思われる人で車を運転しているのが、私の知人に意外と多い。どうして、よその人はそんなに才能に恵まれているのか。私にとって自動車の免許なんていうのは、永遠に手にすることのできぬ幻である。

もしも、人間の乗っかる物がすべて免許制だとすれば、私がもらえる免許証は一つもない。バイク・スクーター×、自転車×、スキー×、スケート×、ローラースケート×、履物にしても、ハイヒール×、細身の草履×、ということになって、自分で体を運べるのは、ペッタンコの靴を履いて地面の上を二本の足で歩くことだけである。

乗物に限らず、私の日ごろやっていることで、免許制度になったとしたら、免許証をもらえるものがはたしてあるだろうか。

まず家事はほとんど×、炊飯にしても洗濯にしても機械がやるのであって、私の手では出来栄えがあんなにうまくいくとは到底思えない。料理のレパートリーはわずかしかないし、家庭経済に至っては×が二つぐらいつくだろう。その他、ワープロ×、使い始めてから三年以上たつのに、いまだにこのような原稿を書くのに使っているだけで、機械の全機能の十分の一も活用していない。孫の子守×、自分の都合のいい時に相手をするだけで、半日も真面目に付き合おうものならもうへたばってしまうだらしなさである。

こうしてみると、大学を卒業する時にもらった教職の免許状というのはありがたい。三十数年間これを元手に生きてくることができた。私の生涯にたった一つ手にすることのできた免許状と、そして、それによって支えられてきた人生とを大切にしなければと、肝に銘じている。

（1989・5）

今

1951年3月高校を卒業した私の同期生の多くは、結婚して専業主婦としての人生を送った。高卒後ＯＬとして働いた人も、ほとんどが寿退職して家事育児にいそしんだ。

私たちは卒業の年から毎年、働き盛りの忙しい時期も休まずに傘寿の年まで同期会を開いてきたが、そのほか60代の時から弘前周辺の人たちで月2回の昼食会を現在も続けている。会うたび感心してきたのだが、専業主婦たちの力はすごい、彼女たちに免許証を授けるとしたら、保育士と調理師の資格は全員にあるのではないかと思う。そのほかに、和裁、洋裁、華道、茶道などの師範クラスの資格を持っている人はたくさんいて、今もなお、その腕を発揮している人もいる。

一方我が身を振り返ると、私には免許に値する特技は何一つない。長い間の主婦業から学ぶ事の大きいことを、無職になってみて痛感している。

私が若い頃勤めていた職場は、女性はほんの少数で、男性に合わせて同じ勤務時間で働くには家事までは手が回らなかったし、今のように保育所に簡単に子供を預けられる時代でもなくて、私は、お手伝いというよりも主婦代行とでも言うべき人に、ずっと家事一切を頼んできた。その我が家の代々の主婦代行が体の中に隠し持っている免許証が、これがまたすごかった。

私が結婚して間もなく、住み込みで働いてくれたTちゃんは、中学校を卒業してすぐ老舗《しにせ》の商家で3年ほど働いたという、まだ10代の少女だったのだが、老舗の奥様に教えてもらったという様々の家事の技は、とても10代とは思えなかった。

職場の事情で、私は当時6週間だった産後の休暇を10日ほど繰り上げて復帰したのだが、Tちゃんは、生後一か月の赤ん坊にミルクを飲ませ、おむつを取り替えて洗濯し、外で働いている家族全員の夕食も用意してくれた。

子供がヨチヨチ歩くようになると、近所の子供たちも一緒に、おにぎりを持って近くの公園に遊びに行くなど、いっぱしの保育士さんになっていた。その合間には、その辺に置かれたままの残り布で子供の洋服を縫ってくれたり、私が買ってあった『オルガン独習十日間』という楽譜でオルガンを練習して私よりも上達が速かったり、目に見えない免許証を何枚も身に付けていた。

私が30代の頃、10年間住み込みで働いてくれたSさんは、お金の使い方がまことに堅実だった。私は正直なところ、もう少し美味しいものを食べさせてほしかったのだが、決してぜいたくはせず、彼女に預けてある財布のお金は随分と長持ちした。

まだ収入の少なかった私からもらう安い給料も決して無駄遣いせず、せっせと貯蓄に励んで、結婚する時に用意した物の中には、何と七段飾りの大きなお雛《ひな》様もあった。子供の時からの夢だったのだという。

その次のMさんは、雛壇の彼女が自分の後釜に紹介してくれた人だったのだが、この人の免許証がまたすごかった。

これまでの人たちと違って家庭を持っている人だったので、朝もゆっくり、夕食の支度ができたら早めに帰宅を、という約束だったのだが、Mさんは、自分の家と我が家と、二世帯の主婦業を完璧にこなした。

我が家の家事の内部まで彼女はすぐに知り尽くして、彼女が居てくれた26年の間、私は全く家事をせずに仕事に没頭できた。彼女が孫育てのために我が家を辞めてからも、春と秋の様々の山菜や晩秋から春にかけての漬物は切れ目なく届けてくれて、我が家の食卓は、ずっとMさんの味で賑わった。

そのMさんが昨年亡くなり、私は、昔Mさんが話していたことを頼りに、87歳にして初めてタカナの塩漬けに挑戦してみた。そうしたら、何と青々と見事なタカナ漬ができたではないか。塩抜きして粕汁《かすじる》にしたら、子供の時から大好きだった味がそのまま出現した。あの世でMさんに会ったら、越冬用漬物士の免許証を授与してもらわなければと思うのだが、Mさんだったら「タカナ漬に限定」という但し書きを付けるかもしれない。

代々の主婦代行からは、それぞれいろんな事を教わったが、Tちゃんが伝授してくれたイカの皮むきは、今も私の得意技で、唯一私の料理の中で何人かの支持者のあるイカの塩辛に役立っている。

現在働いてもらっているKさんは、包丁さばきの達人である。あのネバネバした長芋の織切りなどは、どうしてこんなに細く同じ長さに切りそろえられるのかと不思議だが、私も真似して練習しようとは思わない。織切士の免許証をもらうよりも、Kさんの切ったおいしい長芋を食べさせてもらったほうが、Kさんのように上手には絶対になれない私にとって幸せであるのは間違いない。

何種類もの目に見えぬ免許証を持っている主婦業の女性たちに脱帽！


（2020・4）

ⓜ 桃尻語

昔 橋本治氏の『桃尻語枕草子』が1987年9月発行以来ロングセラーを続けている。

「春はあけぼの」の冒頭の段は、

「春って曙《あけぼの》よ！　だんだん白くなっていく山の上の空が少し明るくなって、紫っぽい雲が細くなびいてんの！」

という訳で始まっている。

同じ第一段の秋のところに、

「まいて、雁《かり》などのつらねたるが、いと小さく見ゆるは、いとをかし」

とあるのだが、これが橋本氏の桃尻語だと、

「ま・し・て・よね。雁なんかのつながったのがすっごく小さく見えるのは、すっごく素敵！」

となる。

なるほど〝すっごく〟感じが出ているとは思うが、これに負けないくらい、津軽弁もまたぴったりくるような気もする。

「春は、アゲガダがいちばんエゴステスネハー。だんだん白ぐなっていぐ山のそばの空がワンツカ明るぐなって、紫ダエンタ雲がホソーグ横に長ぐなってるので、ほんとにエゴスキャネハー」

「桃尻」というのは、桃の実がすわりの悪いことから、馬に乗るのが下手で鞍の上に尻

がうまくすわらないことや、尻をもじもじさせて落ち着かないことを言う言葉なのだが、
このごろは、若い女性の柔らかいお尻のことを言うのだそうだ。

ある中年のオバさんが、娘さんのコートとネッカチーフを借用して夜道を歩いていたら痴漢が擦り寄ってきた。

「慌て者め！　相手をよく見なさい！」

とオバサンに一喝されたその痴漢、なかなか落ち着いていて、

「オバさん、尻にもっと肉つけな」

と捨てぜりふを残して去って行ったという。

桃尻語も桃尻も、私にはもはや手の届かぬ遠いかなたのものである。（1989・5）

今　『桃尻語訳枕草子下』（橋本治）が発行されたのは1995年6月。すでに上巻中巻を購入していた私は、すぐに下巻も買い求めた。手元に3巻揃ってから、長い間必要な箇所を拾い読みした程度だったが、数年前、初めて全巻を読み通した。そして改めて驚嘆し

た。

〈春はあけぼの〉で始まって、四季それぞれの風情を述べた第一段は、日本人のほとんどが中学生の時に読んでいて、〈夏は夜〉〈秋は夕暮れ〉〈冬はつとめて〉と、それぞれの季節の書き出しの一文は、記憶している人も多いかと思う。

〈春はあけぼの〉の現代語訳の学習で、大方の人は、春の眺めはあけぼのが第一だという「いとをかし」とか「こそをかしけれ」という言葉が言外に込められているとして、〈に限る〉のような言葉を補って教えられたと思う。橋本治氏は桃尻語訳の本を作る際、原文の底本として萩谷朴校注『新潮日本古典集成・枕草子』を使用したとあとがきに書かれているが、萩谷氏の本も〈春は夜明け（に限る）〉となっている。

橋本氏は、「春」「曙」の二つの名詞をそのままに、「は」を「って」に替え、文末に「よ」を加えただけで〈春って曙よ〉と、見事な20世紀末の女子高生の言葉に翻訳した。〈夏は夜〉〈秋は夕暮れ〉〈冬はつとめて〉と、各季節とも書き出しの一文の述部は名詞一語で終わっているのだが、橋本氏の訳は〈夜よね〉〈夕暮ね〉〈早朝よ〉と、終助詞が微妙に違っている。清少納言のそれぞれの季節に対する感慨を、現代語の終助詞を使って実にうまく表現していると思う。その中でも、春だけは〈春って曙よ！〉と、「って」という格助詞、〈！〉の感嘆符を特別に使ったのはなぜなのか。そのことを考えるだけでも、これまでと違った視点で第一段を読むことができた。

余分の言葉を補わずに直訳を心掛けながら現代語に置き換えるのには、橋本氏は随分と熟考されたに違いない。読み進んでいるうちに、そうした十分に研究し尽くされた訳が至る所に見られて、単に当時の女子高生の流行語に翻訳しただけの本ではなかったのだと、感激しながらページをめくった。

私がこの原稿を書きかけている時に、定年退職して間もない元国語教師のE子さんが訪ねてきた。机の上の『桃尻語訳枕草子』を手に取って彼女が言った。「わたし、これ読んだことないの」

E子さんは、生徒たちを楽しませながら勉強させるのが得意で、先生はニコニコゆったり、生徒はイキイキ活動と、授業の名手だった。その陰には、授業を支える念入りな教材研究や、寸時を見つけての日頃の読書があったのだが、桃尻語までは手が回らなかったのだろう。もしも桃尻語を彼女が読んでいたら、実践集録に優れた記録をもう一つ加えられただろう。私も、E子さんには及ばずとも、新鮮なアイデアの授業を楽しめたかもしれないと、昔の教室を思い浮かべて、一瞬脳裏が明るくなった。

近年、働き方改革ということがよく言われているが、学校教育の世界は年々忙しくなる一方である。読まなければならない本すらなかなか読めないという日々の暮らしではなくて、一見仕事とは関係のないと思われる読みたい本も読める、ゆとりある教育現場の到来を祈りたい。

（2020・4）

それでも今の時代に感謝 (4)

志村けんさんが、家族に看取られることなく息を引き取られ、遺骨となって初めてお兄さんに抱かれて帰宅されたニュースを見て、健康寿命がとっくに過ぎて死の覚悟ができているはずの私も、コロナウイルスでは死にたくないと思った。

太平洋戦争中、南方の島で戦死した従姉の夫が、白木の箱で帰還したのを開けてみたら、紙切れ一枚が入っていたという。その後、幸いにも生きて帰った若い兵士が、優しかった部隊長の遺骨だけでも持ち帰りたかったが、これしかできなかったと、小指一本の骨を持ってきてくださった。従姉が、小指だけでもお墓に入れられてよかったと、悲しみの涙の中に喜びの涙も込めて泣いた姿が、今も忘れられない。

今なお、かつての戦場で風雨にさらされている多くの遺骨のことを思えば、老齢の私が、コロナ騒動が収まってから死にたいなどと考えるのは、ぜいたくだとは思う。でも、やっぱり私は普通に死にたい。コロナウイルス以上に、戦争では死にたくない。

津軽の言葉
――「や・い・ゆ・え・よ」――

㋳ ヤットアニ

昔〈ヤット〉はようやく、〈アニ〉は兄で、長男である後継ぎのこと。〈ヤットアニ〉というのは、長男が死んだために後継ぎの座についた弟のことである。つまり、やっとのことで〈アニ〉になれたという意味である。〈アニ〉というのは権威があった。

後継ぎとは関係ない女の子供の場合もそれは同じで、末っ子で五女の私は〈ヨデワラシ〉とヤスメられて、姉たちと比べてまるで存在を認められなかった。

その〈ヨデワラシ〉の私が、長男と結婚したおかげで、俄然《がぜん》地位が上がった。実家の法事の時には、私はいつも一番末席に座って最後に焼香するのだが、我が家の場合は、一番上席にいる夫の隣で胸を張っていられるのである。

私が結婚して一番幸せを感じたのは、三人も弟妹ができたことだった。弟たちにしてみればもうすでに姉が二人もいるのだから、今更姉が増えたところで、うれしいどころかありがた迷惑だったのかもしれないのだが、そんな弟たちの心境など思いやるゆとりもなく私はただもううれしかった。

当時末弟は東京の大学に遊学中で、長期休暇で帰ってくるのを、私は、姑以上に首を長くして待っていた。昭和の30年代に入ったばかりでテレビはまだなく映画の全盛時代だったが、小津監督の大ファンで西部劇など全く見たことのなかった私に、弟は一生懸命西部劇の講釈をしては私を映画館に誘い出してくれた。トランプのポーカーを教えてくれたのも弟で、冬休み中は毎晩のように夫と私を相手にポーカーをやっては、東京へ持って帰る軍資金を蓄えていた。

妹は私よりも一つ年上なのだが、ずっと私を姉として遇してくれた。すぐ近くに住んでいることもあって、実の兄や姉よりも私にとって結び付きの固い妹である。

私のようなのは、ようやくのことで姉になれたのではなくて、一瞬のうちに姉の座に上ることができたのだから、〈ヤットアネ〉なんていうものではなくて、まさに〈シンデレラアネ〉とでも言うべきではないかと思う。

長男とは結婚したくないという女性の方々に、ぜひ考え方を改めて、〈シンデレラアネ〉の幸せを手にされることを勧めたい。

（1989・6）

今 17年前に夫が死んだ後も、近所に住む義妹夫婦とはずっと行ったり来たりしていたし、首都圏に住む義姉や義弟たちも機会あるごとに帰省してくれて、私は変わらずに〈シンデレラアネ〉の気分を味わわせてもらっていた。それが、ここ数年の間に、義妹夫婦、義姉夫婦、義弟が次々に亡くなって、夫の兄弟で健在なのは末の弟だけになってしまった。

かつての末っ子が〈ヤットアニ〉になったわけだが、傘寿を過ぎての〈ヤットアニ〉では、親戚中の冠婚葬祭というよりも、その中の葬祭に列席することが多くて気の毒な〈ヤットアニ〉である。それでも彼は、故郷の兄姉たちの葬儀はもちろん、回忌の法要にも必ず帰省して、私に〈シンデレラアネ〉の時代の思い出をよみがえらせてくれる。

先日、彼と電話で話した時の彼の言葉。

「オラが津軽弁でしゃべる人って、もう、きんさんしかいないんだ」

彼が弘前にいたのは高校卒業まで。大学も卒業後も首都圏に住んで、大学時代に知り合った女性と結婚したので、周囲に津軽弁を知っている人は誰もいない。若い頃は4年に一度くらいに開かれる中学や高校のクラス会に出席していたが、それも消滅して同級生との交流も今はないという。津軽弁での話相手は兄嫁の私だけというわけである。

私は、もう自分が生きるのに精一杯で、人の役に立つことは何もできない。その私にとって、津軽弁で話せる人はきんさんしかいないという義弟の言葉は、たとえどんなに少しでも、久しぶりに存在価値を認めてもらえたような気がしてうれしかった。〈ヤットアニ〉さんのおかげで〈シンデレラアネ〉の幸せは、この先も続きそうである。

（2020・4）

㋑ イダコショエ（いだこ背負い）

昔 風呂敷に包んだ荷物を斜めに背負うことを〈イダコショエ〉という。松木明氏の『弘前語彙』によると、イダコ（口寄せを業とする巫女《みこ》）は守護（まもり）を肩から胸に斜めに背負うからだそうだ。

私が小学校に入学したころは、もうランドセルが全国的に普及していたが、それでも田舎の小学校では、まだズックの肩掛けカバンの子供もいれば、教科書を風呂敷に包んで、〈イダコショエ〉に背負って登校する子供もたまにはいた。当時は、ランドセルだろうと、肩掛けカバンだろうと、〈イダコショエ〉だろうと、お互いそんなことなど気にかけずに、みんなワアワアいっしょにあばれまわっていた。そしてまた、学校の帰り道に走りまわるのには背中でガタガタ上下に揺れるランドセルや、腰のあたりで跳ねまわる肩掛けカバンよりも、〈イダコショエ〉がいちばん安定していて邪魔にならなかった。

朝、私が通勤の途中で出会う小学生は、みんな立派なランドセルを背負っている。子供たちが一様に同じ物を使えるまでに日本の社会が豊かになったのは、何としても喜ばしいことである。しかし、ランドセルはともかくとしても、何から何まで同じでなければという風潮はどういうものであろうか。

私は、生徒によくこんなことを話す。

「あなたたちの家庭の経済状態は、みな似たり寄ったりの程度だろうと思う。さいわいに毎日の暮らしに事欠くという人はいないようだし、金持ちといったってリクルートなんかにつながってぼろもうけしたわけではないし、みんなお父さんお母さんが額に汗して地道に働いて暮らしている人ばかり、そんなに貧富の差はあるまい。それなのに、どうして、スキー教室といえば同じようなスキーウェアーを買い、ファミコンが出たといえばみんなが同じように欲しがるのだろうか」

そう言うと、子供たちは、一様に、経済状態が同じ程度だから同じ物を買うのであって、それがどうして不思議なのかと納得のいかない顔をする。

でも、収入がほとんど同じであるからこそ、しかも、それがさほど多くない限られた額であるからこそ、それぞれの人に合った、最も有効な使い方をすべきだと、私は思う。特に子供の行動は個性的である。スキーを滑るのは学校のスキー教室だけという子供が、冬の間中スキーを楽しむ子供と同じような装備ではもったいない。その子供にはもっと別のお金の使い道があろう。

むかしの〈イダコショエ〉の子供たちは、本当に貧しくてランドセルを買えなかった。内心きっとランドセルが欲しかったろうし、両親もまた我が子に背負わせたかったろう。でも、彼らは、そんな羨ましそうなそぶりを少しも見せなかった。

昔の貧乏な家庭の子供は、今の豊かな社会に育った子供よりもはるかに偉かった。

（1989・6）

今　長い間あまり使ってなかった風呂敷を、外出のときにバッグに入れることが多くなった。バッグの中身も若い時と違っていろいろ増えたが、大きめの風呂敷が入って、またまた膨らんだ。

風呂敷というのは便利である。小さいビンなど、2、3本持ち歩くときに風呂敷で仕切って包むと袋の中でガタガタしないし、寒いときはネッカチーフにもできる。ちょっとベルトに挟むとエプロンにもなる。

老人には特に便利な用途が多いように思う。

外出先で不慮の出来事に遭ったときには、バッグを風呂敷に包んでイダコショエにすれば、行動しやすくなるのではないか。

ランドセルは昔も今も子供の世界だけの道具だが、昔の子供のイダコショエは、今も老人の世界のどこかで、ひっそりと出番を待っているような気がする。（2020・4）

㋴　雪の上の〈ズメ〉

昔　私が最初に勤めた学校は、弘前市郊外の小さな小学校だった。岩木山を左手に見ながらバスの進むたんぼ道は、私が初めて通る道だった。たんぼのあちこちに茶色っぽい三角錐《すい》の小山があって、そのてっぺんの短い煙突から出る細い煙が風にたなびいていた。

私が担任したのは3年生だった。

来る途中、ずっと遠くまで広がっているたんぼの景色の、整然とした美しさに感動したことを話した後で、たんぼのあちこちで燃やしているのは何なのか、子供たちに聞いてみた。すると、学級41人の子供たちが一斉に口を開いて答えてくれた。

「アエキャノガイブス、ナスロサマグダネ」

私は、津軽生まれの津軽育ち、津軽弁には精通していると思っていたのだが、これにはまいってしまった。何回聞き返しても、「ノガイブシヨォー、ナスロサマグダネ」と言うだけである。しかも、新任の若い（美しいという言葉は残念ながら付けられないが）女の先生に、我こそは教えてあげたいというのばかりが41人もいて、みんな口々に大声を出すものだから、ますます聞き取りにくい。

ようやくのことで、「あれは、糠《ぬか》いぶしで、苗代にまく」という意味を理解するまでには、かなりの時間を要した。

当時、保温折衷苗代の走りのころで、苗代を太陽熱で温めるのに、もみがらを黒くいぶして使ったのである。

その子供たちの中の一人が、冬の休みの日のことを作文に書いてくれたことがあった。兄弟3人の休日の朝の様子を書いたもので、最後が、「それから、とろずのめにずめをつくりました」という一文で終わっている。

はて、いったいこれは、何のことを書いたのだろう。初めの「それから」と終わりの「をつくりました」はわかるが、真ん中の「とろずのめにずめ」というのが難解である。

根掘り葉掘り子供に聞いて、家の入口のことを〈トロズ〉（厳密には〈トロズ〉と〈トロジ〉の中間の発音である）ということを私は初めて知った。「め」は「前」、「ずめ」は「ぜんまい」だという。

家の前の畑の雪を、兄弟3人で渦巻き形に踏み固めて遊んだことを書いたのである。なんとそれは素晴らしい光景ではないか。一面真っ白に降り積もって、全く足跡の付いていない雪の上を、3人の兄弟が大きく円を描きながら一列になって歩いている様子が目に浮かぶようである。多分、先頭をいちばん年上の子が進み、その後ろを下の2人が小さい靴で踏み固めていったのだろう。3足のかわいい靴が少しずつ円の内側に進むにしたがって、「ぜんまい」が次第に姿を現してくるのだが、中心にたどりついてほっと一息ついた時には、きっと岩木山が美しく3人の目に映ったにちがいない。

あの頃の子供たちは、大きな「ぜんまい」をいくつも作れるほどの素晴らしい大自然の遊び場を持っていた。その中で得た感動を、「とろずのめにずめをつくりました」としか表現させられなかった自分の未熟さが、思い出すたびごとに悔しく恥ずかしい。

（1989・6）

今

私は教員養成学部を卒業後、小学校、中学校、大学と、6歳の子供から現職留学の30代の大学院生まで、幅広い年代の人を相手に様々の教育現場を体験するという幸運に恵まれた。

職場にやっと慣れた頃、次の新しい事に遭遇するという無我夢中の毎日だったが、今振り返ってみて、思い出の多いのは、当然のことながら一番長く務めた中学校である。

中学校3年の間の子供たちの成長はすごい。私の場合、一番多くの生徒と付き合う場所は国語の授業である。常に私は、1年から3年間同じ生徒たちを担当するという幸運に恵まれて、日々成長する子供たちの成長ぶりを目のあたりに見させてもらった。

国語科の中で、一番成長の跡がはっきり残るのは作文である。私は、子供たちの作文を読むのが仕事の中で一番好きだった。

同じテーマで書かせても、同じものは二つと現れない。たまたま同じものを見、同じことを考えた子供が何人かいても、そのことをクラスの仲間に文章で伝える表現の仕方は、それぞれ違う。

1年生の頃は、題材も表現の仕方も、それほど違いがないのだが、次第にみんなとは違う自分だけしか書けない作文を書こうと、ものの見方、考え方を広げ、深めて、重厚な作文を書くようになる。

私の周囲には、常に100人以上の生徒のそうした作文があって、私は幸せだった。

僕たちにばかり書かせるのはずるい、先生も書けと生徒に言われて、私も、時々生徒に伝えたい私の気持ちを文章にするようになったのは、40代の頃からだったろうか。生徒の、まっすぐな澄んだ文章には到底及ばないが、口で話すだけよりも書いたものを読むことで、こちらの意図がよく伝わるというメリットがあったように思う。

外部からも、私が作文好きに見えたのだろう。国語教育の本や雑誌などの出版社から依頼される原稿のおよそ半分は、作文指導に関するものだった。

その昔、私を作文の世界に誘って楽しませてくれたり、今も、こうして文章を書かせてくれたりしている根底にあるのは、就職一年めの子供が書いた「とろずのめにずめをつくりました」だったのだということを、私はこの後も忘れることはないだろう。

（2020・4）

㋓〈エチコ〉

昔 〈エチコ〉〈エッコ〉〈エンッコ〉〈エジコ〉など、少しずつ違った言い方がいろいろあるが、赤ん坊を入れる藁《わら》製のかごのことを言うこの言葉は、一般によく知られている津軽弁である。

この〈エチコ〉の中に敷く藁のことを〈エチコシビ〉と言うのだということを最近知っ

た。そう言えば、むかしは赤ん坊におむつを着けずに〈エチコ〉の藁の上に直接座らせて時々藁を新しいのと取り替えたということを聞いた記憶がある。

ところで、まだ子供で一人前でないという意味に、「尻にエチコシビが付いている」という言い方をするのだそうだ。もう〈エチコ〉の姿が見られなくなって久しいのに、〈エチコシビ〉の付いている若者がだんだん多くなっている現象は面白いと思う。

（1989・6）

今

孫の悠子に赤ん坊が生まれて、50日めに初めて悠子宅を訪問した。

曽孫とは、生まれた翌日、病院でちょっとだけ面会したのだが、50日の間に顔がしっかりと落ち着いた感じで、長い間身近に赤ちゃん誕生がなかっただけに感激だった。

が、それよりも何よりも、悠子が、私の居る間赤ん坊を抱きっぱなしなのには驚いた。病院からは、なるべくダッコしてあげてくださいと指導されたのだという。悠子はそれを忠実に守って、一日中ほとんどダッコしっぱなし。掃除、洗濯は夫の役目。悠子の仕事は赤ん坊に母乳と不足分のミルクを飲ませるだけで、大人の食事はお姑さんが食べさせてくれているとのこと。まるで女王蜂のような暮らしである。どうしたことだとあきれたが、60代のお姑さんは「育児休暇の間だけでも、いっぱいダッコしたほうがいいよ」と、まことに寛大である。

悠子の母親を私が育てたときは、生まれた時からベッドに一人で寝かせ、這《は》い這《は》いの頃は、夫もそうされたという同じ柱にひもでつなぎ、お座りができる頃は、ベッドをサークルに組み立て直して一人で遊ばせた。自立心を大上段に掲げて、抱き癖などもってのほかという時代だった。

エチコが消えたのは、いつ頃だったのだろうか。私もエチコには入らなかったそうだから、昭和に入った頃から次第に使われなくなっていったのだろう。令和生まれの子供の立場からだと、エチコは高祖父母の時代の育児用具ということになる。

子供をその時代のマニュアルに沿って育てる必要はない。「私は断然エチコで育てる」という人は現れないだろうか。もしかしたら、〈じっと我慢の子〉の忍耐強い子供に育つかもしれない。※高祖父母＝祖父母の祖父母。父母の曽祖父母。

（２０２０・４）

㋵〈ヨツパリ〉

昔　「夜突っぱり」の意味で、夜遅くまで起きていることをいう。〈ヨツパリ〉というこの言葉に、どこか軽蔑の響きが感じられるのは、むかしの人は早寝早起きを美徳としたからだろう。私は若い時から〈ヨツパリ〉だったが、近年ますますその傾向がひどくなった。あまりいいことではないと反省しているが、明るい電灯の下で仕事のできる「平和」というもののありがたさは、〈ヨツパリ〉だけに人一倍痛感している。

（１９８９・９）

今　50代よりも60代、60代よりも70代、70代よりも80代と、私のヨツパリは年々ひどくなった。床に就くのがどんなに遅くなっても、起床時刻も遅くなるので、睡眠時間が少なくなるわけではない。だから床を離れた時の気分は常にさわやかである。

老人ホームに入ったときにこれでは困るな、生活リズムを整えなくてはと思ってはいるのだが、なかなか実行できない。

戦時中の灯火管制とか、敗戦後の電力不足とか、子供の頃薄暗い夜を過ごした世代にとって、電力がともしてくれる照明は、平和の世に生きる幸せを運んでくれる使者でもある。少しでもそばにいてほしいという気持ちが夜ごと強くなって、ヨッパリが重症化しているのかもしれない。


（２０２０・４）

思い出にまつわるカタカナ語

——「ら・り・る・れ・ろ」——

ら　ラムネ

昔　暑い季節になると思い出す清涼飲料にラムネがある。英語のlemonadeレモネードからきた言葉だそうだが、瓶がまん中にくぼみのある独特の形をしていて、ジュース類の少なかった時代の子供たちに最も人気のある飲み物だった。

栓にはガラス玉が使われていて、親指で強く押すと、ポーンという明るい音がして、瓶の中にガラス玉が落ちていった。瓶を逆さに傾けて飲もうとすると、そのガラス玉が出口のほうに移動して瓶の口をふさぎ、なかなか思うようにラムネの液が口の中に流れ込んでくれないのだが、それがまた子供たちに人気のある原因でもあった。

昔の日本の家庭は一般的にみな貧しくて、おやつなんぞもらえない子供が多かった。もらったとしても、まことに質素なものだった。それに、たとえ家庭が裕福だったとしても、子供にはぜいたくをさせないのが普通だった。だから、たまにもらうお小遣いで買うのには、一口々々ゆっくり味わいながら長い時間かけて楽しめるラムネは魅力的だった。

私が大学生のころ、姉の息子が満2、3歳のかわいいさかりだった。聞き分けがよくて、全く苦にならないおとなしい子だったので、私はよくあちこち連れ歩いた。デパートに行った時には、屋上の遊園地のベンチに座らせてラムネを一本持たせておくと、私が買い物をしている間それを飲んでひとりで待っていた。何しろ、哺乳瓶をやっと卒業したばかりの頃なので、ラムネを飲むのはかなり大変だったろうと思う。全部飲み干すには1時間近くかかったのだが、彼は途中であきらめたり投げ出したりはしなかった。最後まで一生懸命瓶の底を持ち上げたり下にしたりしていたあどけない姿が、今でも目に浮かぶ。

彼は、世間でいう3流高校、3流大学を出て、今は平凡なサラリーマンである。大学を卒業してから10年ほどの間に2回転職せざるを得なかったりして、必ずしも日の当たる道ばかりを歩んだとは言えないのだが、他人の栄誉を羨んだり、自分の不遇を嘆いたりせずに、地道に働いて妻子を養い、同居している母親に孝養を尽くしている生活は、生き方として一流ではないかと思う。

彼の人生には、風呂上がりに冷たいビールをコップにあけて一気に飲み干すといった豪快さはないが、瓶を立てたり逆さにしたりしながら少しずつ炭酸の刺激と微かな甘みを楽しむラムネの幸せがあるように思うのである。
（1989・8）

今　ラムネにお目にかからなくなって久しい。ラムネのビンをかたわらに置いて、日なたぼっこをしながら本を読んだり居眠りをしたりというのは、老人の暮らしのまことに穏やかな一場面ではないだろうか。幸い我が家は南に面して縁側がある。近いうちに試してみたいと思う。
（2020・4）

ⓡ　リンプー

昔　化粧品の販売会社を経営している知り合いの奥さんから「リンプー」というものをいただいた。リンスの機能も同時に果たせるシャンプーなのだそうである。
使ってみると、まことに具合がいい。短い私の髪にリンプーをふりかけてモジャモジャかきまぜ、あとはシャワーで洗い流すと、わずか2、3分でOK。朝シャン嫌いの私も、ついつい出勤前に洗ってしまいたくなるような便利さである。なるほど、これはすごい！私はすっかり感心してしまった。

しかし、その直後、そうだ、この便利さが癌《がん》なのだ。私は、翻然と悟った。こんなに簡単に洗えるから、若い女の子たちの髪がみんな赤茶けてしまうのだ。毎日洗ってはドライヤーの熱風を浴びせかけるというのでは、折角親からもらった緑の黒髪もたまったものではない。

私が通勤に使うバスの路線は、朝7時頃から20分おきに3本あるのだが、3本とも高校の女子生徒の利用者が多い。面白いことに、遅いバスほどパサパサの赤毛が多くなる。早いバスは、運動部の朝練習でもあるのだろうか、短めのきりりとしたヘアスタイルの人が多いのだが、20分後のバスになると、がらりと変わって知性度の低い髪型が目立つようになる。中には、そのとうもろこしの毛に似た髪を、車内のお客様の面前で堂々とブラッシングしているのもいたりする。3本めのバスは、この時刻だと私の始業時刻ギリギリになってしまうので特別の場合以外乗らないのだが、数回乗った中では、艶やかな髪のお嬢さんとはついぞお目にかかったことがなかった。

俳句の夏の季語に「髪洗う」「洗い髪」というのがある。なぜ夏の季語なのかというと、夏は汗やほこりで髪が汚れやすいのでたびたび洗うからである。ということは、日本の女性はそれほど普段頻繁に髪を洗わなかったのである。

それだけに洗う時は大事《おおごと》だった。戦前の女性は髪を長くしていたし、洗い粉といってべトベトした物を使っていたのですすぎも大変だった。銭湯でではなく、自分の家の流しや井戸端で洗うことが多かったみたいで、次の句もそういう場合の句であろう。

肌ぬいで背をくねらせて髪洗ふ　石原　八束

それだけに洗った後の清潔感は格別で、次の句などは、そのさわやかな気分がいかにも夏の俳句らしく涼しげに表現されている。

洗ひ髪かわく間月の籐《とう》椅子に　杉田　久女
俯《うっ》むきて仰《あお》むきて洗ひ髪を干す　山口波津女

季語の「髪洗う」も、伊東深水の名画「髪洗」も、過去の風俗になってしまった。そして、リンプーとドライヤーは、黒髪そのものまでも過去へ追いやってしまうほど、今や権勢を極めようとしている。※俳句は『日本大歳時記』（講談社）による。（1989・8）

今 真っ白な髪の毛はすっかり薄くなって、〈うつむきて仰むきて〉といった面倒なことをしなくとも、あっという間に洗い終わるし、〈籐椅子に座ってかわく〉のを待ったりしなくとも、すぐに乾いてしまうようになった。リンプーは、ずっと今も愛用している。（2020・4）

ⓡ ルソー

昔 椅子に上って、本棚の上の方にあるはずの本を探していたら、岩波文庫の『エミイル』が目に触れた。『エミイル』はフランスの思想家ルソー（Jean Jacques Rousseau

1712—78）の小説風の教育論で、孤児エミイルが理想の家庭教師の指導で成長していく過程を、誕生から結婚まで5段階に分けて書いたものである。

私が『エミイル』と出会ったのは、大学に入学して間もない頃だった。教育原理の講義でルソーの教育論を紹介され、「自然に帰れ」というその思想に興味を持った私は、早速岩波文庫の『エミイル』全5巻を買い求めた。

当時は文庫本イコール岩波文庫の時代で、緑の帯の現代文学や赤い帯の外国文学は以前から何冊か持っていたが、自然科学や哲学関係の青い帯の岩波文庫を買うのは、それが初めてだった。

「造物主の手を出る時は凡ての物が善であるが、人間の手に移されると凡ての物が悪くなってしまふ。人間は或る土地に他の土地の産物を生じさせようと強ひたり、或る樹に他の実を結ばせようと強ひたりする。気候も、風土も、季節もごちゃごちゃにしてしまふ」で始まる平林初之輔訳の『エミイル』は、旧仮名づかい旧漢字で書かれていて、まだお下げ髪の私には随分と読みづらかったのではと思うのだが、初めて教育書を買って、急に大人になったみたいな誇らかな気分もあったのだろう、さほど抵抗も感ぜずにせっせと読んだ記憶が残っている。

まだ教育というものの何たるかも知らず、自分が志している教師像がはるかかなたにかすかに浮かび出ているといった頃であった。しかし、「不確実な未来のために、現在を犠牲にするあの残酷な教育をどう考えたらいいのか」というルソーの叫びは、その後様々な教育思想を学ぶ過程で、しばしば私の頭の中で反響した。

その後大学を卒業して教育現場で働くようになった私は、『エミイル』の本などすっかり忘れてしまっていた。あのころ岩波文庫は定価の代わりに星印が付いていて、星一つが40円だった。5巻全部合わせて10の星印が付いているから400円で購入したことになる。昭和20年代のこととて紙質も悪く、すっかり赤茶けてしまっているが、30数年ぶりにページを繰ってみて、この5冊の文庫本が私の人生にとって極めて大事なものであったことを今になってしみじみと感じさせられた。

私はそれほどたくさん読書しているわけではないが、職業柄普通の人よりは読んでいるほうだと思う。しかし、振り返ってみて、私が読んだ本は、ほとんど仕事に関係して〝読まなければならなかった本〟であり、自分が本当に〝読みたくて読んだ本〟は極めて少ない。

私たち教師が、〝読みたい本〟を読める時間と心のゆとりを生み出したいなんていうのは、今の教育現場ではぜいたくなのだろうか。

『エミイル』にしても、読んで最も実りあるのは、学生時代ではなくて現場での実践を経てからだと思うのだが……。

（1989・8）

今 あなたの蔵書の中から一冊を選ぶとしたらどの本にするかと言われたら、私は『エミイル』と答えるだろう。一生の間にたった一回しか読まなかった本というハード的な面からで、内容とは無関係である。

我が家の書庫の隅には、大学生の時に買ってすっかり赤茶けてしまった『エミイル』と、その後新かなづかいの新しい訳で出版された『エミール』（今野一雄訳・岩波文庫）が、行儀よく並んでいる。新しいほうの『エミール』は、読みやすくなった訳本でもう一度読もうと退職直後に買ったのだが、読まないでいるうちに気力も脳力もどんどん衰えて、一ページも読まれないまま暗い書庫で眠り続けている。

70年近い昔、たった一度だけ読んだ『エミイル』は、何が書かれていたのか、それを読んでどう心を動かされたのか、全く忘れてしまって、今は何一つ記憶していないが、しかし、私の生業《なりわい》の道の最初の道標であったことは確かだったのではないか。赤茶けた古いほうの『エミイル』は、そういう点では、私の一冊の本に選ぶソフト的な意味も皆無ではないように思う。

（2020・4）

㋹ レーズン

昔　戦後の食べ物の不足だった時に、アメリカから送られてきた救援物資の中に干しぶどうがあった。何しろ甘い物なんていうのは全くのぜいたく品だった時代である。そのおいしさは格別だった。

蒸しパンの中に干しぶどうを入れると、あまり品質のよくない配給の小麦粉で作ったパンも、俄然《がぜん》立派になった。一度にたくさん入れるのはもったいないので、ほんの少量を細かく刻んで使うのだが、子供たちは、一番おいしいところを最後に食べようと、干しぶどうのまばらなところを選んで先に食べたものだった。

我が家の2歳半の孫はレーズンパンが大好きである。できるだけレーズンの密集しているところを見つけては指を突っ込んでいる。

小さい子供に限らず、このごろの若い人たちは、おいしい物から先に食べるようで、おいしい物を最後にというのは、戦中育ちの習性らしい。「レーズン」は先に食べて、「干しぶどう」は後に食べるというわけであろう。


（1989・8）

今　子供の頃ぜいたくなおやつだった干しぶどうは、今も私にとって大好きな食べ物である。なかでも好きなのはMパン店のレーズンパンだ。焼きたてのレーズンパンを、いろいろ違った厚さに切って冷凍庫に保存しておくと、その時の食欲に合わせて簡単に食べられて便利である。大学に勤務していた時は、朝出掛けに厚切り薄切り何枚か取り混ぜて持って出て研究室に置いておくと、常温でふわふわに自然解凍されて、忙しい時は食堂までの時間を節約してそれで間に合わせた。

近年、このパンのファンが増えたのか、販売量を減らしたのか、予約をしなければ買えなくなって、足の不自由な私には手に入れにくくなった。時にはタクシーで買いに出掛けることもあるのだが、やたらに高価なパンを食べる身分でもないのにと自戒しつつも、これくらいのぜいたくはいいかと、勝手に自分を納得させている。

（2020・4）

ろ　ローレライ

昔　就職して4年めに小学校1年生を担任することになった。

来年は1年生だぞと言い渡されたのが冬休みの少し前、学校の教師にとって1年生の担任というのは、誰でも一度は経験してみたい魅力のあることなので、当然私もその言葉を胸躍る思いで聞いた。

ところがである。私はもともと中学校教員養成課程の卒業で、ピアノはもちろんオルガンも習ったことがない。小学生を担当できるのも小中併設の学校に勤務しているおかげなのだが、1年生の担任がオルガンも弾けないというのでは困ってしまう。何とか新年度までの3か月間に格好をつけなければと、私は悲壮な決意をした。

本屋へ行ったら『オルガン独習十日間』という本があったので、まずそれを買って泥縄式の練習に取り組むことにした。ところが、なんと10日間が100日もかかってしまったのである。

それでもどうやら入学式には「むすんでひらいて」「ちょうちょ」「さいたさいたちゅうりっぷのはなが」などをオルガンに合わせて歌わせることができたのだが、その後が大変だった。「ありさんとありさんとこっつんこ」などという歌を何時間もかけてやっと弾けるようになったのが、翌日2、3分も歌えばもうおしまいである。

『オルガン独習十日間』のほうの練習は、1日めの「ちょうちょ」から10日めの「懐かしのケンタッキーホーム」までを100日かけて終了したのだが、その後に付いている練習曲は、最初の「ローレライ」で、もうつまずいてしまった。毎日子供たちに歌わせる歌の練習に追われて、とても「ローレライ」どころではない。ただただ明日の歌のために必死だった。その後2年ほどして私は中学校を担当することとなり、オルガンとさようならすることができた。

当時のオルガンは足踏み式なのだが、私の教室のはかなりのポンコツで、空気を送り込む仕掛けのベルトがしょっちゅう切れて、洋裁用のインサイトベルトを買ってきては自分で修理したことや、私が放課後練習していると、「先生ずんぶ上手になったデバ」と、高学年の子供たちに褒められたことなど、オルガンの思い出はいろいろと懐かしい。

「ローレライ」にはまだ未練があって、退職後にもう一度ぜひ挑戦してみたいと思っている。

（1989・8）

今　50代の頃は、退職後にローレライにもう一度挑戦してみたいなんて本当に思ったのだろうか。自分でも信じられない。

退職してからオルガンの蓋を一度も開けたことがない。今や音楽とはすっかり遠くなってしまった。

歌うのは、高校時代の仲間が集まった時の母校の校歌と「青い山脈」など懐かしい歌数曲ぐらい。聴くのは、弘前市民会館と文化会館での演奏会に年数回。あとは、NHK交響楽団のチェロの奏者の教え子の姿が目的でテレビを見ていたのが習慣になって、今も日曜日夜の教育テレビの音楽番組に何ということなくチャンネルを合わせている。

（2020・4）

見たいけれどもかなわぬもの
――「わ・い・う・え・を」――

㋻ 若いころの自分

昔 全国共通図書券を買うと入れてくれるケースの蓋の内側に、江戸末期の儒学者佐藤一斎の『言志晩録』に掲載されている言葉が印刷されている。

少にして学べば、
則《すなわ》ち壮にして為《な》すことあり。
壮にして学べば、
則ち老いて衰へず。
老いて学べば、
則ち死して朽ちず。

これを見るたび、私は〝少にして学ばなかった〟ことを悔いるのだが、大学時代の後半も含めて20代の大事な時期を、私は全く無駄に過ごしてしまった。あのころ自分は一体何をしていたのだろうと、時々当時のことを思い起こしてみても、あまり判然としない。

でも、これは、はっきりしないからいいのかもしれない。若気の至りの出来事が山ほどあって、長い年月がそれをせっせと忘れさせてくれたからこそ、今こうして安穏と過ごしていられるというものである。

でも、その頃の自分をもう一度見ることができるとしたら、夫と見合いをして照れくさかった時の顔と、岩木川で小学生の子供たちと一緒に泳いだ時の勇敢な水着姿だけは、こっそりのぞいてみたい気がする。

（1989・9）

今　若い頃のことなんて、もう見たいとは思わない。忘れてしまったっていい。今は、昨日の、今日の、ついさっきの自分が何をしていたかを見てみたい。

なんで、こうすぐ忘れてしまうのか。さっき置いたばかりなのに、その置いた場所が思い出せない。よく忘れるのが、固定電話の受話器と携帯電話。でも、これらはお互いに呼び合うことができるのでいいが、眼鏡や腕時計は呼んでも返事をしてくれない。

外出先でメモした用紙を捜したりするときは大変である。10日もたってからメモのことを思い出して、洋服のポケットかバッグの中だと思っても、どの洋服だったかどのバッグだったか記憶がない。そんなに数ある洋服やバッグでないのは好都合だが、バッグの置き場所を忘れたりしているので始末に負えない。

でも、毎日何かを捜すということがあるおかげで、不自由な足でもあちこち歩き回り、時には階段を上ったり下りたりもして、運動になっているのだろう。捜し物も生きるためのエネルギー源の一つと考えれば、忘れることもボケ進行速度を軽減してくれているのかもしれない。

（２０２０・４）

㋑ 命の長さ

昔 長い間繁華街で暮らしていた友人が、年ごとにひどくなる周囲の騒音に耐えきれなくなって郊外へ引っ越した。

もう80歳くらいになるご両親にとって住みなれた場所を離れるということは、随分と決心を要することであったらしい。幸いにも、手放した土地と新しく購入した土地との価格の差が大きかったので、家を新築しても、なおかなりの額のお金が手元に残ったそうである。

「折角手にしたお金なんだから、旅行するなりなんなりして楽しめばいいと思うんだけど、全然使えないのよ。私だっていざとなれば両親の面倒ぐらい見られるんだから、健康でいられるうちに思いきって使ってしまいなさいと言うんだけど、駄目なのね。預金しておいて一体何に使うのよって言うと、老後のためにしまっておくんだって。80歳が老後でなくって、いつが老後だと思っているんでしょうね」

と、友人は笑っていた。

日蓮宗のあるお坊さんの話によると、人間の寿命というのは生まれた時に決まっていて、それが毎年々々減っていってゼロになった時に死ぬのだという。一本の蝋燭《ろうそく》が寿命だとすれば、少しずつ短くなっていって、最後の灯の燃え尽きる時が臨終だというわけである。自分の蝋燭が今どのくらいの長さなのかは誰も知らない。私の蝋燭だって、もしかしたらもう消え果てる寸前なのかもしれないのだが、自分ではまだまだ長いような気がしている。それは多分、いくら年を取っても変わらない気持ちだろうと思う。

先日、仏壇のそばで扇風機を回していたら、蝋燭の炎が風にあおられて、片側の蝋だけが溶けていびつに垂れ下がっていた。

私たちの命の蝋燭が、こんなふうに不自然な風のために急激に燃え盛ったり、吹き消されたりすることなく、長いものも短いものも、あの世で灯《ともしび》を最後まで静かに燃やし続けてほしいと思う。

8月15日近くなると、特に強くそう思う。

（1989・9）

今　2019年暮れ　中国武漢市で新型コロナウイルス感染症の患者が発生してからおよそ2か月半の3月12日、世界保健機関（WHO）の事務局長が、これまで避けてきた「パンデミック（世界的大流行）」という用語を使って、各国に取り組み強化を訴えた。
青森県は今のところ感染者なしだが、そのうちコロナウイルスは侵入してくるに違いない。思いがけないこうした感染症に襲われて死ぬのも、日蓮宗のお坊さんのように考えれば、寿命の蝋燭が燃え尽きたということになるのだろうか。天命だと思えば、無念ではあるけれども、それも納得できるような気もするが、戦争で死ぬのだけは寿命とは絶対に違うと思う。

赤々と灯《とも》っているたくさんの長い蝋燭の灯が、次々と吹き消されていくのが戦争である。過去の戦争で消されたままの長い蝋燭が、今も彼岸に寂しく立ち続けているのだろうか。

（2020・4）

㋒ 後ろ姿

昔 私の職場は20代30代の若者が多い。彼らの仕事をしている時の後ろ姿は、炎天下で運動をしている時などはもちろんのこと、机に向かっている時であれ、生徒たちと話している時であれ、実にいきいきとしていて頼もしい。

私の後ろ姿は果たしてどうだろうか。鏡を使えば自分の背中も映し出せるが、しかし、そうやって見る姿は、自然の姿ではない。

年と共に背中が丸くなっていくのはやむを得ないとしても、〝元気〟をいっぱい背負った後ろ姿でありたいものだと思う。（１９８９・９）

今

今や〝元気〟をいっぱい背負った後ろ姿なんて、とんでもない。前から見たって横から見たって、背中は後ろに出っ張り、お腹は前に出っ張り、膝《ひざ》もまた前に曲がって、体全体がグニャグニャしている。

先日、後ろ姿をはっきりと見られる鏡がテレビで紹介されていた。一定の時間後ろ姿を映していると、影像がしばらく残るのだそうで、洋服を買う時の試着に便利だという。

今更そんな新開発の鏡で見なくたって、後ろ姿は想像できる。でも、そんな自分の姿を、さほど悲しいとは思わない。せいぜい、少しでもスタイルをカバーできる洋服を、若い時から着たものの中から選んで身に着けることで十分ということにしている。

たまには後ろ姿の映る鏡に映してみるつもりで、背筋を伸ばしてみたり、多少おしゃれをしてみたりしたら、気持ちもシャキッとするかと思うこともあるが、思うだけで実行ははるか彼方《かなた》である。

（２０２０・４）

㋓ 縁結びの糸

昔　三人の娘を結婚させたあるお母さんの話。

「あなたも娘さんがいらっしゃるんですか。おいくつ？　そうですか。それじゃ、そろそろお嫁にやらなくっちゃね。いいえ、ちっとも若すぎませんよ。早いほうがいいんです。そりゃあね、最初の縁談の時は、まだ若いんだから何も急がなくったってと思いますよ。相手の条件も悪くないけど、この先もっといい話があるに違いない。初めての話で決めてしまうなんてもったいないという気がして、大抵断ってしまうんです。少したってまた縁談がある。ほらほら、すぐまた来たじゃないか、だから焦るなって言うんですよ。とは言っても、今度の話は前のよりもどうも気に食わない。ああ、これは駄目だ。この前はもっといい話だったんだから、あれくらいの話はまたあるだろうと、2回めも断る。次の3回めは、更に条件が悪い。そうしているうちに、来る縁談の条件が一回ごとにぐんぐん下がって、最後には、チェッ、こんな奴に大事な娘をくれてやるのかと、舌打ちして嫁に出すことになってしまうんですよ」

母親にしてみれば、舌打ちして娘をくれてやらなければならないような相手でも、縁結びの糸は、きっと最初からその二人の間に張られていたのであろう。（1989・9）

今　娘が独身時代、「お父さんの兄弟で見合結婚はお父さんだけだ」と、自分は断然恋愛結婚しようと思っていたらしい。ところが、親の血を引いた結果なのか、親の元を巣立っていったのは見合結婚だった。

恋愛結婚だった夫の兄弟たち夫婦も、見合結婚だった私たち夫婦も、どちらかが鬼籍に入るまでのおよそ半世紀、縁結びの糸が切れることなく穏やかに暮らした。

大学生と中学生の時に知り合って恋愛結婚した義弟夫婦と、いつになったら結婚するのかと双方の親をやきもきさせて見合結婚した娘夫婦は、どちらも子供たちが独立して、今は新婚時代のように仲よく暮らしている。

赤い糸をしっかりと見定めて結婚しても、糸がどこにあるか確かめもせずに結婚しても、大方の夫婦は、二人の間の絆を知らず知らずのうちに、もっと強く、もっと太くと、縒《よ》り続けているのだろう。

それにしても、夫と私との間の糸は、今も変わらず固く結ばれているはずなのだが、いつになったら手繰り寄せてくれるのだろうか。

（2020・4）

㋾　終わりの時

昔　長いこと教職に就いているので、さまざまの職業の教え子たちがいて、医者も何人かいる。その中で一番物分かりのよさそうなのに、私を殺してくれる医者になってほしいと頼んである。病気を治してくれるのはどこの病院へ行っても治してくれるだろうが、このごろは、なかなか簡単に死なせてもらえないようになった。どうせ長くないと分かっている命を、苦しさとの闘いの中でじりじりと延ばされるのはご免である。

「そうなったら、苦しめずにあの世へ送ってくださいね」

と言ったら、医者になりたてのその青年は、

「ああ、いいですよ。そのうち、松・竹・梅とコースを三種類作っておきますから、先生が意識のはっきりしているうちに、どのコースか指定してください」

と、にこにこ顔で引き受けてくれた。

「松」は、少しも苦しまずにゆっくりと徐々に徐々に静かに眠りに就くコース。「竹」の方法は未定だが、「梅」は一遍にドカンと逝くコースだそうである。

「ああ、その梅がいいわ」

私は今から指定しておいた。

彼を犯罪者にしたくないので、実際はそういうわけにはいかないだろうが、彼のような

人間味のある医者に最期を看取ってもらいたいという気持ちは事実である。

だいたい臨終近い病人は、意識のない場合がほとんどだろうから、自分で医者を選ぶのは不可能である。たまたまその時の担当となった人に最後の脈を確かめてもらうというのが普通だろう。

先日、ある医学部の卒業アルバムを見る機会があった。その中に、それぞれ思い思いのポーズで撮ったページがあったのだが、あまりの格調の低さに驚いてしまった。男子学生が女の子の着物を着て立っているなんていうのは、アイデアの貧しさとしてまだ許せるが、具体的に私がここに書くことをためらわざるを得ないようなものもあるに至っては、これが将来を嘱望《しょくぼう》されて秀才コースを歩んだ青年の考えることかと情けなかった。いつか、中学校の卒業アルバムに、退廃的な髪型をしているというので顔写真の代わりに花を載せたということがマスコミの話題になったことがあったが、花どころか、これには「下品院不学貧脳居士」と戒名を書いた墓石の写真でも載せてやりたいくらいである。

もしも、その不学貧脳氏が私の臨終の枕元に来たとしたら、私はカッと目を見開いて、

「この神聖な場所にお前なんか来るな！　帰れ！」と一喝してやりたいと思うのだが、残念ながら、死出の旅に出発しようとする時に、それは到底望めない。

松竹梅氏に今度会ったら、最期をよろしくと、もう一度やはり頼んでおかなければと考えている。


（1989・9）

今

地球全体が新型コロナウイルスで揺れ続けている。

健康寿命が既に終わっている私は、死ぬことには抵抗がないが、ごく普通に旅立ちたいという願いは捨て切れない。私に子育ての喜びを味わわせてくれた一人娘と、その娘をずっと大事にしてくれて私にも優しかった娘の夫には、私の最期を見送ってもらいたいと思う。新型ウイルスに感染して隔離病棟で寂しく死んだ私を、防護服に身を包んだ娘夫婦が運び出すということにはなりたくない。

80代ともなると、〈終わりの時〉のことはしばしば脳裏をよぎる。それも、50代の時のように冗談まじりでというわけにはいかない。

私をあの世へ送るコースを作っておくと約束した青年医師とその後会ったのは、私が60代の時だった。しばらく会わないうちに、すっかり恰幅《かっぷく》のいい紳士になっていた。

「随分太ったじゃないの。それでも患者にはもっと痩《や》せなさいって言うんでしょう」

と私が言ったら、彼は答えた。

「そうです。自分のできないことを生徒にやらせる学校の先生と同じです」

その後、体重を減らして元のスタイルに近づいた松竹梅先生は、現在病院の大先生である。もはや梅のコースでお願いしますというわけにはいかない。

戦後の混乱期の後、1947年施行された新しい憲法の下で、私は平和な時代を穏やかに普通に生きてくることができた。戦争のない世の中で、普通に生きて普通に死ぬ、それが最高の幸せであり、できれば普通に死ぬという最期の恩恵に与《あず》かりたいと身勝手なことを考えている。


（2020・4）

それでも今の時代に感謝 (5)

例年、桜まつり中は人出で賑わう我が家の前の道路も、桜まつり中止の今年は普段と変わりないままに桜の季節は終わった。バリケードが厳重すぎると市民に不評だった門の閉鎖も効果があったということだろうか。戦時中の観桜会取り止めの時には、通行止めなどしなくとも桜は見捨てられていただろう。足の不自由な私ですら、花のトンネルぐらいは歩きたかった今年の桜は、戦時中よりは幸せだったと思いたい。

多少あやふやだが、私の記憶にある戦時歌謡にこんな一節がある。

ああ陸海に大空に　花と散りにし軍神の　後にぞ続く我らまた
万朶《ばんだ》の花と咲き咲かん（「万朶の花」はたくさん咲きそろった桜のこと）

昔は、戦場で死ぬことを散る桜に例えて賞賛した。新緑の頃、花見客の全くいない弘前公園の桜の風景がＮＨＫテレビで放映された。最後の、お堀に散った桜が美しい花筏《はないかだ》となって流れるのを見て、桜もまた戦乱の世とは違った散り方があると思った。

新型コロナウイルスから逃れて閉じこもり中の老人のつぶやき

おわりに　亡夫への手紙

この本の「はじめに」に、あなたへの手紙を書いたのは昨年6月、津軽書房の伊藤さんから、来年9月の満88歳の誕生日までには出版しましょうと背中を押されていたのに、半年たった年末までには、まだア行とカ行を書いただけでした。

それがなんと、昨夜2回目の校正を終えて、今日6月9日、あなたへの「おわりに」の手紙を書いています。これは、どうしたことでしょう。

理由は、新型コロナウイルスの緊急事態です。月2回、月曜日の夜、我が家を会場に30年間続けてきた国語科女性教師の研修会をはじめ、リタイアしたオバサンたちが、月一度平日の昼《ひる》日中《ひなか》集まっての中国文化《マージャン》研究会、略して昼文研《ちゅうぶんけん》に至るまで、私の所属している会の活動は3月以降全部休みで、ほとんど家に閉じこもりっきりでした。特に4月は、外靴を履いたのはゴミ置き場まで燃やせるゴミを運んだ時だけです。訪ねてくる人もほんの少数。なんと4月だけで、ハ行からワ行まで一気に書き上げることができました。イラストの和田さんもまた閉じこもり中で、即座に楽しいのをかいてくださいました。

困ったことに、パソコンに向かってばかりいましたら、手は猛烈働いてくれたのですが、足はすっかり怠け者になってしまいました。折れた骨をつなぎ合わせた右足と、1月に血管を修理した左足とが協定を結んで、なかなか快く動いてくれません。命の寿命よりも足の寿命が先に終わっては大変、何とかしなければと考えた結果、トイレにだけは両足とも拒否せずに機嫌よく歩いてくれることに気が付いて、そうだ、どうしても歩かざるを得ない目的を作ろう、それには寝室を2階にもどすことが一番だと思ったのです。

しばらくはこれで間に合わせようと、粗末な簡易ベッドで我慢していたのが、ついついそのまま3年も過ぎてしまっていました。40年以上住み慣れた寝室への復帰の、何と素晴らしかったことか。

ベッドのシーツも掛け布団のカバーも新品に掛け替えて、のびのびと寝転がったときの心地よさ。我がままな両足も、自分たちの寝場所を少し高く持ち上げてもらったのが気に入ったのか、全く大儀がらずに15段の階段を上り下りしてくれています。

寝心地以上に私を喜ばせたのは、ベッド読書の復活です。退職後、1日の締めくくりとして寝床の中での読書を楽しんできたのですが、この3年間、照明の位置がうまくなくて、あきらめていたのです。2階のベッドは備え付けのスタンドの位置が快適で、夜の楽しみが再現されました。

そして、もう一つ、予想外のうれしいことがありました。寝室を2階に移して3日目の5月7日、その日は久しぶりに晴れた昼間の天気が、夜までずっと続いていました。相変わらず夜更かしの私が、日付の替わる頃寝室の戸を開けたら、春の月とは思えない澄んだ月が、南側の広い窓から室内を煌々《こうこう》と照らしていたではありませんか。朝になってから暦を見たら、その日は旧暦4月15日でした。この3年間、ゆっくり月を見たことのなかった私にとって、本当に感動的な夜でした。『落語名作200席』の1席を読んでは月を眺め、また次の1席を読んでは月を眺めと、落語を楽しむことと、次第に西へ移動していく満月を追うことと、二つのことを交互に楽しんでいるうちに夜が明けました。

考えてみますと、ベッドの中で本を読むことも、夜通し月を眺めることも、働いている若い時には不可能なことでした。ましてや今は、地球全体がコロナウイルスで大揺れに揺れている時です。そんな中で幸せな夜を満喫して1か月、なぜか長い間すっかり忘れていた戦時中の歌をあれこれと思い出しました。もしも、あなたが船舶特攻隊を志願していなかったら、私が空襲で家を焼かれていなかったら、私たちは出会うこともなく、運命は大きく変わっていたでしょう。あなたとの幸せな生活は、世界中のたくさんの犠牲のうえに得たものであるという思いが年々強くなっていくような気がします。

そんなわけで、今回のコロナウイルス騒動も、戦乱の世でなくて何よりと思っている老人の私には、それほど大変なことではなく、無事に暮らしております。ただ、あなたの所へ行くのは、予定を変更して、マスクなしで行けるようになってからにしたいと思いますので、もうちょっとだけ待ってください。

２０２０年６月９日（旧暦 閏４月18日 居待月《いまちづき》の出を待ちながら）

〔付録〕

米寿の今と10代の昔とをつなげてみれば

（米寿記念講演要旨）

私の米寿を記念して、こうした会を催してくださったことに深く感謝申し上げます。年の祝いというのは、古くからの習わしで今も数え年で行われているようで、私は1932（昭和7）年生まれですので、満年齢で言いますと、あと10日ほどで87歳となります。こんなに長生きしようとは、若い頃は思ってもみませんでした。

夫が17年前に亡くなってから、ずっと一人暮らしをしております。私が住んでいる家は、建ててから80年もたつ古い木造家屋で、座敷の中をコウモリが何回か飛び回ったりしたこともあるのですが、そんな陋屋に一人で年金暮らしをしている老婆と言いますと、傍《はた》から見れば随分とわびしい暮らしの老人なのだろうと思います。ところが本人は、わびしいなんて全く思っていないのです。いろんな催し物や食事に誘ってくれたり、我が家を訪ねてくれたり、温かい人が周囲にたくさん居て、感謝しております。今日のこの講演会も、そうした方たちが計画して、尻込みする私を起ち上がらせてくださいました。

今のこの穏やかな暮らしの中で静かに過去を振り返ってみますと、様々な起伏の多かった人生が思い浮かんでまいります。10年ごとに年代を区切った場合、一番強烈に現在につながっているのは10代です。今日は、その10代の中から、今も私の暮らしとつながりの深い、10歳、13歳、15歳、18歳にあったことについて話すことにいたします。

レジメに沿って話してまいります。各年代の最初に記載してある短歌は、その年の世相を詠んだものです。『昭和萬葉集』（講談社）から引用しました。

I　修身　10歳　1942（昭和17）年

① 人間の常識を超え学識を超えておこれり日本世界と戦ふ　南原　繁

② メナドに落下傘部隊降下のニュースあり現実とはしばし諾《うべな》ひがたし　久保田貞子

③ シンガポール陥落ただちに記念切手売り始むると貼紙しありぬ　伊藤　幸子

④ 衣料切符にて得る一枚の単衣なり纏《まと》へば玉虫色に華やぐ　佐藤せい子

⑤ 配給の糯米《もちごめ》少なき新年は小さき餅を床《とこ》に飾れり

森　光子

私が30代後半、中学校で担任した現在60代半ばの教え子たちが、50歳の時から年6回〜7回ほどの割合で開いている「ひこばえ塾」という学習会があります。前もって決められている話題提供者から、その人の専門に関することや趣味についての話を聞いて教養の幅を広げるという会なのですが、2年ほど前、ニュースで戦前の教育勅語が話題になったときに、昔の修身について話してほしいと、私に当番が回ってきたことがありました。

戦時中、小学校が国民学校という名前になったのが1941（昭和16）年4月で、私は当時8歳、3年生でした。教科書が国民学校用に変わったのは、その年は1、2年だけで、その翌年が3、4年、その次の年が5、6年と、2学年ずつ更新されましたので、私が国民学校用の教科書を使ったのは4年生からでした。

たまたまその年、私は父の転勤で、北郡の農村地帯の学校から当時青森市にあった女子師範学校附属国民学校に転入学しました。ひこばえ塾から依頼されて、はて私が4年生の時の修身の教科書にどんな話が載っていたっけと考えてみたのですが、思い出せません。かすかに野口英世とでん子という久留米絣の創案者のことを覚えているだけです。書庫の奥で長い間眠っていた資料を久しぶりに調べてみました。

衝撃でした。私がなぜ野口英世とでん子のことだけを、おぼろげながら記憶していたのか、その理由に初めて気付いたのです。

4年生の「初等科修身」の目次は、「一　春から夏へ」から「二十　大陸と私たち」まであるのですが、ほとんどが日本国礼賛、戦意高揚の内容です。「一　春から夏へ」のような季節に関する内容かと思われる題名のものでも〈四月三日の神武天皇祭には、そろそろさくらの花が咲きます。この日は、神武天皇がおかくれになった日で、宮中では、お祭があります。／さくらの花も散って、春風に若葉がそよぐころ、私たちは、四月二十九日の天長節を迎へます。この日、国民は、こぞって、天皇陛下の御代萬歳をことほぎたてまつります〉という書き出しで始まります。

そうした教科書の中で、「七　野口英世」と「十八　くるめがすり」、でん子の近所に住む絵がすりの考案者についての「十九　工夫する少年」の3つの章だけは、当時の戦争の世相に全く触れずに、その人物を中心に描かれています。

担任だった島津良夫先生は、詰め襟の学生服を着た20代の青年でした。当時、男性は、強制的に軍隊に徴兵されて、学校の教師も男性は少なかったのですが、国を守る次の世代の教育には男性の教師も必要というので、一般の職場よりは若い男性が多かったようです。師範学校を首席で卒業したという島津先生は、県の教育の指導的立場にあった附属学校の教師として応召を免れていたのでしょう。厳しい戦時下の統制の時代とは言っても、まだ物の不足もそれほどではなく、図書室の本を、いつでも自由に持ち出して読み、校外学習では小川でメダカやミズスマシを取って教室で飼ったり、緑豊かな神社の境内で写生したり、私たちはのびのびと楽しい日々を過ごすことができました。

話を「野口英世」と「でん子」にもどします。

後年、特に私が教職に就いてから、4年生の1年間だけ担任だった島津先生のことを思い出すことが多かったのですが、なぜか戦争と結びつく思い出が全くないのです。修身の授業も、おそらく戦時色濃厚な題材の章をスピーディーに駆け抜けて、野口英世と久留米絣の箇所は、念入りに授業なさったのではないでしょうか。それで、そこだけが私の頭に残っていたのだと、70年以上も過ぎて、初めて気が付きました。

「野口英世」の授業で強烈に印象に残っているのは、授業の最後に、英世の生き方は教育勅語のどこに当たるかという先生の問いに対して、「博愛衆ニ及ボシ学ヲ修メ業ヲ習ヒ以テ知能ヲ啓発シ」だと即座に答えた秀才がいたことでした。

後に大学で教育史を学んで知ったのですが、当時の修身というのは、教育勅語に記されている徳目を一つずつ具体化して教えることだったようで、教科書の各章の内容それぞれが教育勅語の文言と関連づけられていました。でも、島津先生が、教育勅語と結びつけて私たちに教えてくださったのは、その時以外なかったような気がするのです。

先生の晩年、何回かお会いする機会があったのですが、そうした先生の心配りに全く気付いていなかった私は、修身のことを一度も話題にしたことがありませんでした。先生もまたそうしたことに触れることはありませんでした。私が教職に就いていた長い年月、平和教育の根底にいつもあって私を支えてくれたのが、10歳の時に担任してくださった島津先生の教えでした。その一番の基盤が英世とでん子の授業だったのだということに気付いたのは、先生が遠い旅路に就かれた後だったのです。

Ⅱ　空襲　13歳　1945（昭和20）年

①　焼夷弾のめぐりに落つる地に伏して死ぬやも知れず目閉ぢ目開《あ》く　齋間　方
②　焼夷弾火の手は疾《はや》し母の背に蒲団《ふとん》をかかげただ走りたり　岡田　虎雄
③　子を背負ひ火中来る人用水に駆け寄り水を背の子にあびす　都筑　省吾
④　をさなどち猛火の中を獅子舞のごとく布団をかぶり泣きゆく　浜田　幸子
⑤　五十余年心をこめて集めたる東西の書《ふみ》皆灰となる　土井　晩翠
⑥　石にしもたぐふ書庫《ふみぐら》これのみは焼けざる城とたのみしおろかさ　尾上　柴舟

「あなたのこれまでの人生で、一番のどん底だったのはいつでしたか」と問われれば、私は、即「私が12歳の時の、１９４５年7月28日の夜10時半から約2時間」と答えます。それは、青森市がアメリカ軍のＢ29爆撃機の空襲を受けた日で、私が命の危険にさらされたのは長い人生でその夜だけでしたから、私にとって忘れられない夜です。敗戦のわずか18日前のことでした。

空襲警報の出たのが10時10分、間もなくＢ29爆撃機が編隊を組んで飛来し、次から次へと約2時間、5万発の油脂《ゆし》焼《しょう》夷《い》弾《だん》を投下しました。

焼夷弾というのが、どうできているかと言いますと、太めのお茶筒ぐらいの太さで50センチぐらいの長さの筒の中に油と燐が入っていて、それが18本束になり、更に2段重ねになって、36本がドラム缶大にまとめられているのだそうです。それを4千～5千メートルの上空から投下すると、空中でバラバラに分解されて燃えながら落ちてくる。遠くに落ちるのを見ていると、それは巨大な花火を見ているようでした。しかし、呆然と目を奪われていたのは一瞬で、すぐに私たちの周囲にも、焼夷弾が次々に落ちてきました。私たち家族（両親、3歳年上の姉、私）は、空を見上げて落ちてくる火の玉を避けながら、大勢の避難する人たちと一緒に堤川の川岸を走りました。土手の上の火の手は、あっという間にすごい勢いで燃え広がって、熱風と火の粉が吹き付けてきます。私たちは、水の中に落下した焼夷弾の油が、地獄絵図さながらに水面のあちこちで無気味に燃えている川に入って熱さを和らげながら、ただひたすら郊外を目指して走りました。

後年、当時を振り返ってみて、あれほどの命の危機にさらされながら、「死」ということを全く考えなかったことに気が付いて、どうしたことかと、自分でも不思議に思いました。もう駄目だ、ここで死んでも仕方がないと、全く思わなかったのです。ただ逃げることだけを考えていました。

私は、もう80年以上も十分楽しく生きさせてもらいましたので、いつ死んでもいいと思っているのですけれど、いざその場になると生きることに執着して往生際が悪いのではないかと、今はそれが一番心配です。それは、この空襲の時のことがあるからで、戦争というのは、全く思いがけないことにも影響するものだと実感しています。

それから、もう一つ、空襲が私の人生観に大きく影響したこと、それは、「運も努力のうち」ということわざがありますが、そんなことは滅多になくて、むしろ運の多くは努力とは関係ないと思っています。

焼夷弾の落ちてくるなか、私と姉は離れないようにして一緒に逃げたのですが、空中で炸裂した中の一本が私たちのすぐそばに落ちて、姉は右足の太腿から足首まで一面ヤケドを負いました。翌日臨時救護所へ行ったのですが、姉は手当をしてもらわずに帰ってきたというのです。重傷の人がいっぱいいて、姉の水ぶくれ程度の火傷では申しわけなくて治療してもらう気になれなかったのだそうです。結局、水道の水で洗って痛みを和らげるしかなかったのですが、夜になると暗闇の中で、焼夷弾の燐だと思うのですが、火傷の箇所の異様に光るのが無気味でした。自然治癒に任せて、完治したのは2か月後でした。

私は、全くの無傷でした。幸運としか言いようがありません。私は、長い人生、ほとんど運命のままに生きてきました。進学、就職、結婚、その他、すべて岐路に立ったときには、自分で道を切り拓いたりすることはなくて、遮断機の上がってくれたほうの道を素直に歩んできました。それは、この空襲の夜の幸運が影響しているのかもしれません。

姉も健在なのですが、姉と私との違いは、何かにつけて姉は物事をネガティブに捉えがちですし、私は万事楽天的でポジティブの方向です。それも、もしかしたら、空襲が私たち姉妹に違った生き方を与えたのではという気がします。

かと言って、私が空襲の恐怖から簡単に逃れられたかというと、そういうわけではありません。随分長い年月、空襲の夢におびやかされました。夢に現れなくなったのは、結婚して支えてくれる人ができて、子育ての楽しさも味わって、仕事の喜びも知ることができるようになって、という30代の半ば過ぎだったと思います。

その頃になって、空襲のことを思い出すごとに、B29に乗っていたアメリカの航空兵は、その後どんな人生を送っているのだろうと考えるようになりました。私の周囲には、激しい戦場から幸い生きて帰った人が何人かいました。中には、人柄が変わってしまって帰ってきた人もいました。私は戦時中まだ子供でしたから、被害者の立場での空襲を語るだけですが、実際に戦闘に参加した人は、人には話せない精神的な痛手を抱えての人生を送った人も少なくなかったのではと思います。

戦争というのは、一方が被害者、一方が加害者ということはあり得ません。双方が被害者でもあり加害者でもあります。そのことを忘れてはならないと思います。

Ⅲ　観桜会・新憲法施行　15歳　1947（昭和22）年

① 生活は一日《ひとひ》一日《ひとひ》を単位としたただ飲食のことにかかはる　佐藤佐太郎

② 亡き父の片身の着物を母とわれひろげては見る糧《かて》に代へむと　武川　忠一

③ 箪笥《たんす》売らば米2俵位《くらい》にならむかと言ひ出でし妻のすぐに黙《もだ》しぬ　小山　忠治

④ まつりごとわが手にありとこぞり起《た》つ民のちからはつよくさやけし　土岐　善麿

⑤ ひかりある時世《ときよ》来んとぞ新憲法《にいのり》の戦争放棄をまさに記しぬ　田辺杜詩花

⑥ 新憲法成りたるときの国会の一瞬のしじま忘れて思《も》へや　入江　俊郎

⑦ 教員を適格審査に付すといふ四十万が中の一人なる我も　藤原　光子

食料もまだ配給の時代で、青森県などはそれほどでありませんでしたが、都会では主食の配給が遅れがちで、闇の物を拒否して配給だけで生きていた裁判所の判事が、栄養失調で亡くなったというニュースがあったのもこの年でした。お金よりも物が貴重という時代で、闇の米を手に入れるのに手っ取り早いのが衣類でした。

それでも、空襲を免れた弘前地区の女性たちは恵まれた人がたくさんいて、3年ぶりの観桜会に、普段のモンペ姿を着物に着替えて花見に出掛けました。

その年の花見のことを女学校の先輩から聞いたことがあるのですが、商家に育って農家に嫁いだその先輩は、戦時中だんだん食べ物が無くなって、農家に嫁に行けば親や弟たちに白い御飯を食べさせられると、殊勝なことを考えたのだそうです。全然やったことのない野良仕事に、せめて日焼けだけでも姑に追いつこうと真っ黒になって働いて、戦前に母親が用意しておいてくれた嫁入りのときの着物なんて着たことがなかった。それを、そのとき初めて着たんだそうです。

「似合うわけないじゃない」と、彼女は言うんですね。顔はガサガサで真っ黒。手は荒れて爪の間には土が挟まってる。着付けだって滅茶苦茶だし、ああ着物なんて着てくるんでなかったと、公園を歩きながら思ったと言うんです。

同じ時に、もう一人の先輩から、こんな話も聞きました。

公園に行ったら、自分が米と交換した着物を着た人と会ったと言うんです。私は、米を持ってきた仲買人に着物を渡したので、どういう人が買ったのか分からなかったんだけど、着物も羽織も私のと同じだったから、間違いなく私のだと、すごく悲しかったそうです。でも、先輩は、今になってみると、子供を3人連れて幸せそうな感じの人だったから、いい人に渡ってよかったと思うと、その時はさわやかに笑っていました。

その戦後初めての観桜会が、私にとっては、これまで毎年楽しませてもらってきた桜まつりの中でも、最も心に強く刻まれている観桜会でした。

我が家は、青森空襲で被災した痛手からまだ立ち上がれずにいたのですが、母親の実家の花見に入れてもらって、大変にうれしい観桜会でした。何がうれしかったかと言うと、空襲で右足一面に火傷をした姉が、その後ずっと傷跡を隠してスカートをはいたことがなくてモンペやズボンだったのですが、傷跡の隠れる靴下をようやく手に入れて、その日はスカート姿だったのです。私自身は何を着ていたか全く記憶がないのですが、不思議なことに姉の洋服だけは、はっきり覚えています。

姉が着ていた洋服は、戦後いち早く出回ったガラ紡という、綿や糸くずなどの太い糸で織った粗雑な洋服地で、しかも洋裁学校に入って間もない姉の手作りのスーツですから、見栄えのいい洋服ではなかったはずです。でも、空襲以来初めて姉がスカートをはいたということは、私にとってとにかくうれしいことでした。

この時の花見で、もう一つ記憶に強烈なのは、叔母が作ってくれた重箱の中の卵焼きです。当時、卵は高価で滅多に食べられませんでした。たまに食べる卵焼きは、卵1個か2個で作る細いものでしたから、叔母が大奮発して作ったのでしょう。大きい重箱の一段を埋め尽くしている太い卵焼きは、本当に豪華で忘れられないごちそうです。

結婚後、弘前公園の桜のトンネルまで徒歩2分という所に住んでいる私は、見事な桜の風景を毎年見てきました。衣服や食べ物に頓着することなく、純粋に桜の美しさを楽しむことのできる時代に生きる幸せを、桜まつりが巡ってくるごとに感じております。

観桜会が再開した1947(昭和22)年というのは、日本の歴史にとって、大変大事な年でした。観桜会期間中の5月3日、新憲法が施行されました。④土岐善麿の歌は、当時の日本国民全員の気持ちを代表するものだと思います。

今の6・3・3制の教育制度が始まったのも、この年です。新憲法が施行されて間もなく、全国の中学生全員に文部省から「あたらしい憲法のはなし」というテキストが配付されました。憲法を中学生にも理解できるように分かりやすく確かな文章で解説したもので、今も名著として教育現場では教師たちに読み継がれているようですが、当時は、あまり授業では活用されなかったようです。私も学校の授業で読んだという記憶はなくて、普通の夜の読書と同じような軽い気持ちで一通り読み終えたような気がします。

後年、復刻本を購入して開いた時に、一番先に「戦争の放棄」の章のカットが目に入って「あっ、そうだ、このカットだった」と、「戦争の放棄」の章を読んだ時のことを思い出しました。なぜか戦争放棄は、特別念入りに何回も読んでいたようです。私の心の中には、私が気付かぬままに、「六せんそうの放棄」を中核とする「あたらしい憲法のはなし」が、ずっと生き続けてくれていたのだと思います。

戦時中「本土決戦」「一億玉砕」を生徒に説いた教師が、戦後急転回して民主主義を強調しなければならなかったというのは、さぞ辛かったことだろうと思います。軍国主義・超国家主義者を追放するための資格審査機関におびえる教師も少なくありませんでした。私の在学していた学校にも、審査の結果追放令で退職した先生もいて、学校はこの頃、昨日よりも今日、今日よりも明日と、日に日に戦時中の束縛から解き放たれて、自由な明るい方向へと向かっていました。

朝日新聞に『青い山脈』が連載されたのは、ちょうどそうした時期でした。『青い山脈』は、新・旧が混沌とした当時の社会をそのまま舞台にして、新しい民主主義というものをよく理解できずにとまどっている人たちに、民主主義を具体的に描いてくれた小説だと思います。

〈六月のある晴れた日曜日の午前であった。駅前通りの丸十商店の中では、息子の六助が、往来に背中を向け、二つ並べた椅子の上にふんぞり返ってドイツ語の教科書を音読していた〉という書き出しで始まるのですが、そこへ「こんにちは」と主人公の新子が登場します。新子は、セーラー服を着て、赤い緒の下駄を履いています。その姿がまず私たちに親近感を抱かせました。その頃の女学生は下駄が普通で、靴を履いている人は滅多にいませんでした。弘前中央高校の校史の１９４０（昭和15）年の所に〈ゴム靴のない生徒は下駄で通学を許す〉と記録されています。昔は革靴なんて贅沢品で、短靴はゴムが普通でした。それが、ゴム靴さえなくなって下駄になったわけです。下駄履きは随分長い間続いて、１９４９年の私の登校途中のスナップ写真があるのですが、一緒に歩いている３人が、みんな下駄履きです。

新子がなんで六助の店に現れたかと言いますと、米を売りに来たのです。「買ってもいいけど、いくらだい」と六助が聞くと、一升50円だと新子が答えます。「高い」と六助は言う。新子は「高くありません。普通は80円です」と一生懸命押していきます。六助は

「いや、僕が言うのは、家の小屋からくすねてきた米にしては高いと言ってるんだ」と言うのですが、この米をくすねるというのは、長い間の津軽の農家の慣習でした。

農家の嫁さんというのは、盆と正月にお小遣いをもらえるだけで、姑が財布をがっちり握っていました。私の知り合いの農家の娘が、昭和の30年代のはじめに農家の長男と結婚する時に、自分が使う石けん、ちり紙など日用品をごっそり嫁入り道具の中に入れていくというので、それを使ってしまったらどうするのと言ったら、その頃になったら米をくすねる方法も覚えるだろうから大丈夫と、明るい顔をしていました。

『青い山脈』は、こうした古いしきたりの残っている地方を舞台に、旧制度の最後の高等女学校に起こった新旧思想の対立を主題として、これから日本国民が築き上げていかなければならない民主的な生き方を描いたものでした。ですから、民主主義とは全く対極にある封建的な農村の米を売る場面からスタートするのは、特に六助の「くすねてきた米にしては高い」というセリフは、大変に意味のあることなのですが、これが、その翌々年、東宝で映画化された時には、米が卵に変わっていました。当時まだ占領下にあって、

GHQ民間情報教育局の検閲を日本映画は受けなければならない時代で、米にクレームがついたのだそうです。米は統制品である。その米を勝手に売ってお金を作るのはよくないということで、卵になったのだそうです。米にはいろんな意味が込められているのに、映画の卵は、津軽の私たちにはかなり違和感がありました。もっとも新子の場合は、くすねたものでないことが、その次に書かれてあります。

『青い山脈』の女学校は、どこがモデルかと話題になりますが、石坂洋次郎は弘前高等女学校に1年ちょっと、秋田県の横手高等女学校（現城南高校）に2年半勤めていますし、戦時中弘前に疎開していた時に、お嬢さんが通学していたのが現在の聖愛高校の前身の女学校でしたから、いろんな学校がモデルだったのだろうと思います。実際、この作品のモチーフとなっている贋《にせ》ラブレター事件に近い話が、お嬢さんの学校にあって、それが契機になったとも言われています。

でも、モデルの中心となったのは私たちの母校弘前高等女学校だと私たちはみんな思っていたのですが、それは身びいきでそう思っていたのではなくて、これは誰がモデルだとピンとくる人がいたのです。

石坂洋次郎が疎開していた頃、私の友人のSさんは、お母さんがうら夫人と親しかった関係で、ちょくちょく石坂家を訪問していたのですが、石坂は、彼女と話す時には必ずメモ用紙をそばに置いていたそうです。戦後も終戦翌年の秋まで弘前住まいだった石坂の所を訪問した女学生は、ほかにもあったようで、彼女たちが提供したのがモデルではないかと思われる人物が登場して、私たちを喜ばせました。

例えば、ラブレター事件の会議の場面で「これは何分にも重要な書類でありまするので、一字一句原文のまま読みまするから左様にご了承を願いまする」と前置きして「ヘンすいヘンすい私のヘン人、新子様、僕は心の底から貴女《あなた》をヘンすておるのです」と、「恋」という字を「変」と間違えて書いたラブレターを読む岡本という年配の国語の先生が登場するのですが、この先生が、私たちも教わったT先生と大変似てるのです。T先生は、始まりの鐘の鳴るのを教室の外の廊下で待っていて、鐘が鳴るやいなや教室に入ってくるという先生で、『青い山脈』の岡本先生と私たちのT先生とは、几帳面なところがそっくりでした。石坂洋次郎とT先生とは一緒に勤めたこともありましたので、訪問した女学生との間ではよく話題に上ったそうですから、岡本先生は明らかにT先生がモデルだと私たちは信じていました。

もう一人、私たちが『青い山脈』の英語の先生、島崎雪子のモデルだと決めている先生がいました。津田塾を出られた素敵な先生で、当時の先生たちのほとんどが生徒からあだ名をもらっていたなかで、彼女だけは尊敬の意味も込められた「ミス相馬」と本名で呼ばれていました。たびたび石坂家を訪問していたと前に紹介したSさんは、このミス相馬の大ファンで、毎朝職員室の机の一輪挿しに新しい花を飾るという人でしたから、石坂にミス相馬のことを話さないはずがありません。

ミス相馬は、1942年4月、弘前高等女学校の英語教師として初めて教壇に立ったのですが、その年の7月、文部省が英語の授業を、男子校である中学校は3学年以上、女学校は全学年選択ということにしました。この場合の選択は、生徒個人が選ぶか選ばないかということではなくて、学校が英語を教えるか廃止するか選択するということです。弘前高等女学校は、2学期から全学年廃止ということをすぐに決めました。ミス相馬は不要の先生ということになって、英語を選択すると決定した五所川原高等女学校へ転勤していきました。

その離任式での彼女の言葉が校史に残っています。「私はあなた方よりも幸せです。あなた方の知らない言葉を知っていますから」という別れの挨拶を残して去っていったと記されてあります。ミス相馬は戦後また弘前にもどられて私たちも教えていただき、定年まで弘前中央高校に勤務されました。

『青い山脈』が映画化された時に、島崎先生の役を演じたのが原節子でした。私たちはそれを見て、島崎先生のモデルは断然ミス相馬だと再確認して賑やかだったことが思い出されます。

『青い山脈』は、女学生の男女交際問題をきっかけとして起こった騒動の中で、若い人たちが封建的な町の人々と戦う様を、ユーモラスに描いた青春ドラマなのですが、そこには石坂洋次郎の民主主義についての考えが、分かりやすく具体化されています。同じ年に巡り会った「あたらしい憲法のはなし」が民主主義の理論編だとすれば、『青い山脈』は実践編だと言えます。私の頭には、理論編は戦争放棄の箇所しか入ってくれませんでしたが、実践編は体の奥深くまで染み通りました。それは私だけでなく、学校全体の雰囲気がそうでした。

この小説は、「六月のある晴れた日曜日の午前であった」という書き出しなのですが、連載が始まったのも6月です。連載の終わったのが10月4日で、小説の最後の章も「秋が来た」で始まる「みのりの秋」という題名です。つまり、私たちの生活と同じように小説の時間も進んでいくんです。朝、必ず新聞を読んでから登校しました。そうでないと話の仲間に入れないのです。今も名著と言われる「あたらしい憲法のはなし」は「ワー、そうしたものあった?」という人がほとんどですが、『青い山脈』を知らない人はいません。私の同年齢の友人たちが、今の年齢になっても、さほど新しい時代の動向にとまどうことなく生きている人が多いのは、新しい憲法が施行されたのと時を同じにして、ごく身近な出来事を題材とした『青い山脈』を読んだということも、大きな要因の一つではないかという気がいたします。

それと、もう一つ、私が『青い山脈』から学んだ大きなことがあります。「リンゴの歌」という章に、登場人物たちが夏休み中に交わし合った手紙が記されていて、作者自身の民主主義についての考え方が分かりやすく適切にまとめられています。いろんな立場の人の視点で捉えた民主主義を小説のまとめにしているところが、『青い山脈』の価値を高めていると思います。

主役の新子は、没落地主の娘としての立場で、運命に押しつぶされずに生きていこうという意欲について述べていますし、まだ女学校1年生の笹井和子は、3匹の猫の様子を書いているのですが、1年生らしい書き方の中にも、何となく新しい考え方がひそんでいるというふうに、年齢も知識量も違うそれぞれの視点での民主主義が述べられています。そして、最後を旧制高校生の理論家ガンちゃんが六助へ宛てた手紙で締めくくっています。

視点をいろいろ変えてものを考えるということを、私は国語の授業の中でずっと大事にしてきたのですが、その原点が『青い山脈』にあったのだと気付いたのは、退職後半世紀ぶりに読み返してみた時でした。そして、この「リンゴの歌」の章は、知らず知らずのうちに、人生の様々な場面で私を支えてくれていたのだということも、その時初めて気が付きました。

高校卒業後、長い間忘れられていた「あたらしい憲法のはなし」は復刻版で、『青い山脈』は新潮文庫で、数年前それぞれ装いを新たにして、いつも私の机の上の本立てから私を見守ってくれております。

Ⅳ　修学旅行・朝鮮動乱　18歳　1950（昭和25）年

① 代燃車の煙に赤くネオン映ゆ夜深くして寒き街角　簱町　美嘉

② 浮浪者は噴井《ふきい》の水をのみに来てまた樹下《じゆもと》にねむる花の日ざかり　木俣　修

③ 労働者の吾は平和を愛するに今日も戦車を組みて夜業す　芝野　正男

④ 百合子とふ昨日は笑みてゐし少女哀れ同胞に討られて堕つ　福井　緑

⑤ 幌下ろし宵闇を来し憲兵はニグロなりけり百合子を買ふと　福井　緑

⑥ 米兵の遊び終ふまで人力車の車夫は待つなり日本人車夫は　〃

⑦ 日本の不幸の一つ美しき漢字つぎつぎ忘らるるべし　橋本　文彦

⑧ わが書きし父兄会案内状が新仮名とちゃんぽんにして直されてある　佐々木　乱

⑨ 齢二つ若返りぬと皆いへどわれは五十に早くなりたし　吉野　秀雄

在学していた弘前中央高校の修学旅行が、私たちの前年度の3年生から復活していて、私たちは6月4日、6泊7日の関東方面への旅行に出発しました。6泊というのは、車中2泊、日光の中禅寺湖に1泊、東京2泊、松島に1泊だったと思います。

私たちにとって、あこがれは何としても東京でした。銀座にはネオンが付いてるんですってと、ネオンて一体どういうものだろうと話し合ったりしたものです。①の歌は、どこのネオンかは分かりませんが、私たちの修学旅行の年に詠まれた歌です。代燃車というのは、ガソリンの代わりに木炭を燃やして走る車のことで、当時この弘前の辺りを走っているトラックなどは、ほとんど木炭車だったようです。
②の歌に関連するのですが、場所は違いますが上野の地下道に浮浪者がいっぱい居るのに驚きました。戦後いち早く復興した姿と、その中で戦争をいまだに引きずっている人が大勢いるのを目のあたりにしたことは、衝撃でした。私は経済的な事情から進学はあきらめていたのですが、東京の大学へ行くという友人たちを羨ましく思っていました。それは、進学・大学ということのほかに、「東京」という都会へのあこがれもあったのだと思います。それが現実の東京を実際に見て、これは私の暮らせる所ではないと、すっぱりとあきらめることができました。
6泊7日の旅行を終えて弘前に帰ったのが6月10日、その半月後の6月25日、大変なことが起きました。朝鮮動乱です。日本は、アメリカ軍の前線基地としての役割を担うこととなりました。
③のような動乱に関わる歌が『昭和萬葉集』には何首も掲載されています。朝鮮動乱は、基地周辺ばかりでなく日本の国全体に大きな影響を及ぼしました。特需景気です。朝鮮で

戦争が開始されると、戦争遂行に必要な、生産・供給・修理などの仕事がアメリカ軍から大量に発注されるようになりました。これが特需と呼ばれるもので、その契約高は、1年間で1千億円以上に昇ったそうです。これによって、日本は国際収支の赤字を埋めて外貨を蓄積することができました。そして、国内生産力の上昇を実現しました。

④⑤⑥の歌は連作ですので、『昭和萬葉集』の3首をそのまま紹介しました。昭和21年に公娼制度は廃止されたのですが、自分の意思で売春するという形式でその後も残っていて、駐留軍のアメリカ兵を相手にする売春婦もいたのです。作者の福井緑さんは、短歌に関心のある方は皆さんご存知の今も大鰐町でご健在の歌人です。女学校時代の私の1年先輩で、ずっと親しくさせていただいてきました。ここに紹介した歌は、昭和25年と26年に発表されたものの中から選んだ第9巻に載っている歌ですので、福井さんが19か20歳の時の歌です。福井さんは、女学校を卒業されて間もない頃、三沢市に住んだことがあったそうで、この歌は多分、三沢での体験を詠んだのだろうと思います。

実は、私も朝鮮動乱の大きな影響を受けた一人でした。修学旅行で進学の夢ときっぱり訣別できた私は、さわやかな気分で楽しい学校生活を送っていました。その頃の我が家は戦災の痛手から抜け出せずにいたのですが、特需景気の風が流れ流れて、父親の仕事の上にも吹いてくるようになったのです。暮れ近くなって、弘前大学なら入れてやると言われて、それはもううれしかったのですが、全然勉強していなかったもので、さあ大変、それでも今と違って入りやすい時でしたので、どうにか合格できました。もしも朝鮮戦争がなかったら、私の人生は全く違っていたわけで、その場合どんな人生だったかは分かりませんが、おそらく今のような幸せは得られなかったろうと思います。私は全く無趣味な人間なのですが、昔から趣味を持とうと思ったことがありませんでした。職場の仲間たちや教え子たちに恵まれて、生業《なりわい》の道そのものが楽しくて、趣味など必要ありませんでした。お集まりくださった皆様の中にも、私の50年間の教職生活のどこかで何らかのご縁のあった方が、たくさんいらっしゃいます。

私の人生の幸せの元が、他民族の不幸な紛争のおかげであるという事実は、重荷として生涯背負っていかなければならないと私はずっと思ってきました。でも、正直言って、肩の重さを忘れてしまっていることがよくあります。このごろ忘れないようになったのは、韓国とのトラブルのニュースが多くなったからだと思うのですが、外国についての新聞記事の中では、韓国や北朝鮮に関する記事を知らず知らずのうちに丁寧に見ているのは、肩の重荷がそうさせているのだろうと思います。

⑦⑧の歌は、日本語の改革に関する歌です。

常用漢字の前身である当用漢字の決められたのは１９４６（昭和21）年なのですが、４年後のこのころになっても、まだ混乱の時代でなかなか普及しませんでした。今も完全に定着しているわけではありませんが、日本人の書く力の向上に貢献したことは、間違いないでしょう。

漢字の改革以上にありがたいのが仮名づかいです。レジメの最後の半分が空欄になりましたので、秋に関わる名詞を並べてみました。旧仮名づかいというのは、これほど厄介です。現代に生まれた幸せを感謝しましょう。

萩　尾花　葛　女郎花　藤袴　桔梗　撫子
はぎ　をばな　くず　をみなへし　ふぢばかま　ききやう　なでしこ（秋の七草）
葡萄　無花果　柑子　西瓜　黄葉　雑木紅葉　銀杏
ぶだう　いちじく　かうじ　すいくわ　くわうえふ　ざふきもみぢ　いてふ
朴の実　一位の実　山椒　秋海棠　夕顔　茗荷　陸稲
ほほのみ　いちゐのみ　さんせう　しうかいだう　ゆふがお　めうが　をかぼ
落花生　椎茸
らくくわせい　しひたけ　（歳時記より秋の植物・果物など）

以上で今日の私の話はおしまいなのですが、10代の出来事の中で、米寿の今の生活と特に強く結びついているのは何かと言えば、空襲だろうと思います。今日おいでくださった方々の中で一番長いお付き合いをしているのは、高校での同期の人たちなのですが、これも、空襲で被災して弘前に転居したことからスタートしました。そのほかの方々も、皆さん、弘前に来てから出会った方々です。今、たくさんの方々から温かいお心をいただいて無事生きていられるのも空襲のおかげとなると、転んでもただは起きない強欲バアサンということになりますが、強欲バアサンで結構、私は皆さんのおかげで幸せです。

10代に読んだ本の中で、今と最も結びつきの深いのは『青い山脈』です。私がポジティブに生きることを、この小説に登場する人たちが常に応援してくれています。

そして、そうした平和な暮らしを支えてくれているのが、日本国憲法です。

レジメの表紙をご覧ください。

左の下は、あまりはっきりコピーできませんでしたが、土蔵が残っている空襲の跡の風景です。

その上は、1947(昭和22)年6月9日の朝日新聞、『青い山脈』連載1回めのコ

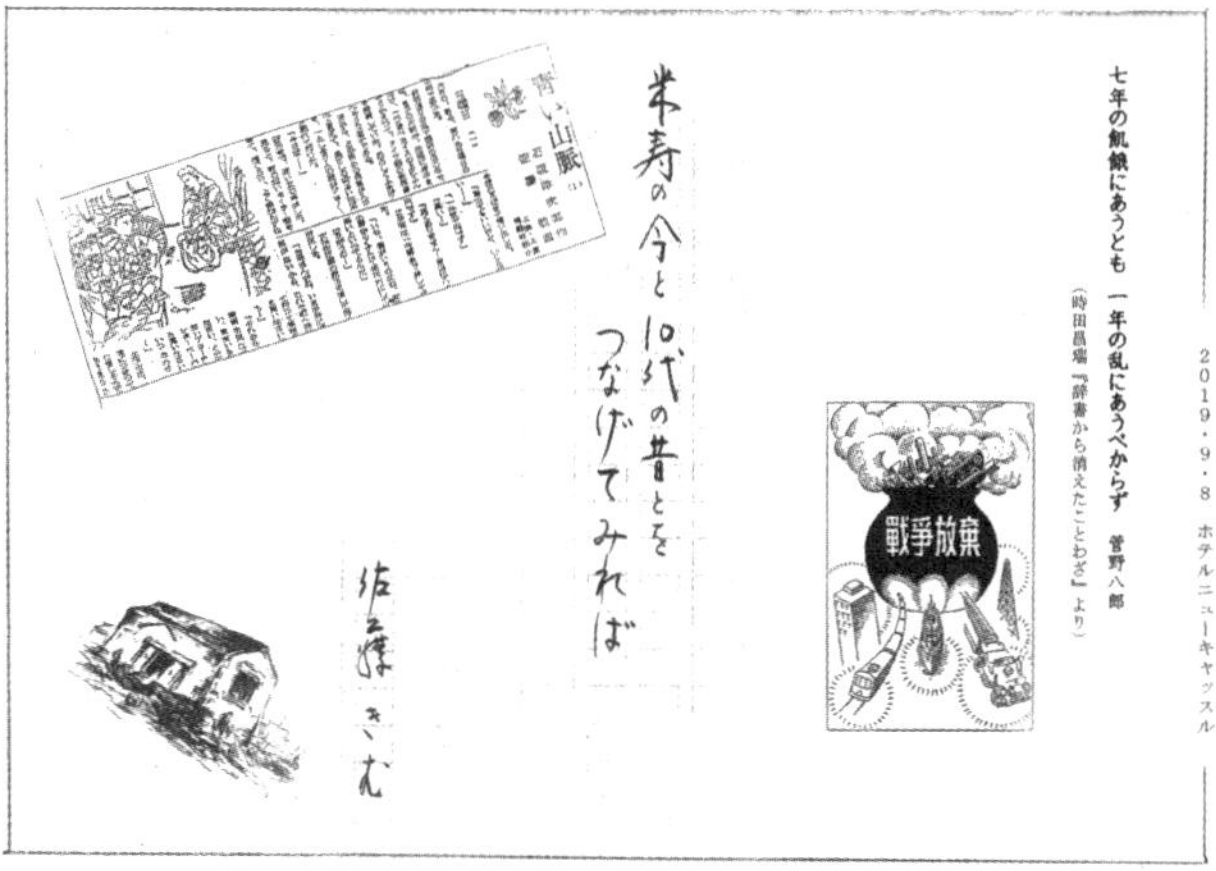

ピーです。

右側には、「あたらしい憲法のはなし」から、戦争放棄のカットを貼り付けました。

その右の1行「七年の飢餓にあうとも一年の乱にあうべからず」。これは、昨年買った本（時田昌瑞『辞書から消えたことわざ』角川ソフィア文庫）の中から見つけて、今最も大切に思っている文言です。

長時間お付き合いくださいまして、ありがとうございました。

（2019・9・8　ホテルニューキャッスルにて）

著者略歴

佐藤きむ（サトウキン）

1932年青森県弘前市生まれ　1955年弘前大学教育学部卒業

1956～93年弘前大学教育学部附属駒越小中学校・附属中学校教諭

1993～98年弘前大学教育学部助教授（国語科教育）

2007年　青森県文化賞受賞

2008年　弘前市文化振興功労章受章

2016年　青森県褒賞受賞

2018年　地域文化功労者表彰受賞

現在　日本エッセイスト・クラブ会員
　　　国語科教育実践研究サークル「月曜会」主宰

著書　『国語授業のいろは』（三省堂）
　　　『仰げば尊し、我が教え子の恩』『茶髪と六十路』『あなたは幸せを見つけてますか』『姑三年、嫁八年』『国語教室の窓』『おッ！ 見えた、目ん玉が！』（以上津軽書房）

共著　『少年少女のための〈谷の響き〉』（弘前市立弘前図書館）
　　　その他教育関係図書

訳書　『学問のすすめ―福澤諭吉』『福翁百話―福澤諭吉』（以上角川ソフィア文庫）

80代の今と
50代の昔とをつなげてみれば

二〇二〇年七月二〇日　発行

定価はカバーに表示しております

著　者　佐藤きむ
発行者　伊藤裕美子
発行所　津　軽　書　房
〒〇三六—八三三二
青森県弘前市亀甲町七十五番地
電　話　〇一七二—三三—一四一二
FAX　〇一七二—三三—一七四八
印刷／ぷりんてぃあ第二
製本／エーヴィスシステムズ

ISBN978-4-8066-0247-7